어린이 해방

그날로 가는 첫걸음

어린이 해방
그 날로 가는 첫걸음

2017년 4월 25일 처음 펴냄
2021년 3월 5일 2쇄 펴냄

지은이 이주영
펴낸이 신명철
편집 윤정현
영업 박철환
관리 이춘보
디자인 최희윤
펴낸곳 (주)우리교육
등록 제 313-2001-52호
주소 03993 서울특별시 마포구 월드컵북로 6길 46
전화 02-3142-6770
팩스 02-3142-6772
홈페이지 www.uriedu.co.kr

ISBN 978-89-8040-161-1 03810

이 도서의 국립중앙도서관 출판시도서목록(CIP)는
e-CIP홈페이지(http://www.nl.go.kr/ecip)에서 이용하실 수 있습니다.
(CIP 제어번호:CIP2017009550)

이주영 지음

어린이 해방

그 날로 가는 첫걸음

우리교육

어린이 해방 세상을 열어야 한다

　근현대사는 인류가 해방 범위를 넓히고, 그 품질을 더 좋게 만들기 위해 끊임없이 투쟁해온 역사다. 그 과정에서 오류도 있고, 오류로 인한 비극과 참극도 있고, 다시 억압된 사회로 돌아가기도 했으나 아직도 멈추지 않고 지구촌 곳곳에서 투쟁 중이다.

　15세기 문예부흥기는 인간성 해방의 시작이다. 곧 신을 중심으로 하는 문화와 정치와 종교를 인간을 중심으로 하는, 인간 해방의 시작이다. 18세기에 시작한 시민 혁명은 프랑스 혁명이나 미국 혁명에서 보듯이 군주제에서 공화제로 바꾸는 것이고, 이는 왕권에서 벗어난 시민 해방이다. 시민은 생산을 담당하는 자본가와 노동자들이다. 그러나 곧 자본가 자유만 있고 노동자를 억압하고 착취하는 시대가 되었기 때문에 19세기는 노동자 해방 운동이 시작된다. 20세기에 이르러서야 성 평등 운동, 곧 여성 해방 운동이 일어난다. 여성 해방 운동은 곧 남성 해방운동으로도 발전하고 있다.

인간 해방, 시민 해방, 노동자 해방, 여성 해방 다음에 일어나야 할 혁명은 무엇일까? 이제는 새대 혁명이다. 21세기는 세대 혁명이 일어나야 하고, 이미 시작하고 있다. 세대 혁명이란 어린이 혁명이다. 이 책에서 어린이는 18세까지를 말한다. 1920년대 어린이 운동, 아동 관련법, 민주주의에서 중요한 참정권인 선거권을 근거로 한다. 어린이라는 말은 1923년 5월 1일 제1회 어린이 해방 선언의 날, 그 어린이 해방을 이끌었던 방정환을 비롯한 어린이 해방 운동가들이 '어린이와 젊은이와 늙은이'라는 세대 구분으로 나온 말이고, 어른과 똑같이 독립된 인간이고, 어른보다 더 앞선 세상을 사는 사람들이고, 어른과 평등하게 존중받고 높임을 받아야 한다는 사상을 담은 말이다.

우리나라 대한민국은 어린이 혁명으로 시작한 나라다. 1919년 3월 1일 독립선언을 어른들이 준비했지만 만세 운동 시작과 확산은 15세 전후 어린이들이 참여했기 때문에 가능했다. 따라서 나는 3·1 운동을 어린이들이 우리 역사에서 민주주의 주체로 등장한 어린이 혁명이라고 부른다. 이를 시작으로 어린이들이 이 세상에 나왔기 때문이다. 1926년 6·10 만세 운동과 1929년 광주학생 만세 운동은 18세 이하 어린이들이 주체였다. 1960년 4·19 혁명 역시 그 시작은 어린이들이 주체였다. 박정희 독재 정권은 이에 놀라서 초·중·고 학생들 자치권을 빼앗고, 그들을 권리 주체가 아니라 보호 대상으로 만들기 시작했다. 나아가 경제 부흥 과정에서 노동력 착취 대상으로 삼았다. 그에 대한 저항이 전태일 열사 분신이다. 무한경쟁 교육제도로 어린이를 학교 안에 가두고, '오늘은 가만히 있고 내일 어른이 되기를 기다리라'는 나라로 만들었다.

그리고 오랜 억압 끝에 다시 돌풍처럼 등장한 때가 2002년 6월 월드컵 경기 응원이다. 이오덕은 월드컵 응원을 보면서 감동을 받은 까닭을 정리해 《아이들에게 배워야 한다》(도서출판 길, 2004)는 책을 두 달 만에 써서 냈다. 그는 월드컵 응원을 어린이와 젊은이들이 살아난 혁명이라고 했다. 그다음 2008년 촛불 집회 때 어린이가 많이 참여했고, 2016년 10월부터 2017년 3월까지 20회나 이어진 촛불 혁명 자리에 많은 어린이가 동참했다. 부모를 따라 나온 아이도 많겠지만 부모를 끌고 나온 아이 또한 만만치 않게 많은 집회였다.

인간 해방이 잘못된 신이 귀신이 되는 걸 막아주고, 시민 해방이 통치자를 괴물이 되는 걸 막아주고, 노동자 해방이 자본가들을 괴물이 되는 걸 막아주고, 여성 해방은 남성이 괴물이 되는 걸 막아주듯이 어린이 해방은 늙은이가 괴물이 되는 걸 막아 줄 것이다. 곧 참된 해방은 해방 주체와 억압 주체가 함께 평등하고 평화로운 세상을 만들 듯이 어린이 해방은 늙은이와 함께 모든 세대가 자유와 평등과 평화로운 삶을 살 수 있는 세상을 만드는 것이다.

이에 나는 21세기는 세대 혁명, 어린이 해방을 시작해야 한다고 본다. 이 책은 그런 소망을 갖고 쓴 글들이다. 1부에서 4부까지는 2013년부터 2016년까지 4년 동안 월간 〈무브〉(발행인 임효정) 어린이 문화란에 실었던 글을 모은 것이다. 5부는 공동육아 회지에 청탁을 받아서 썼던 글이다. 월간 잡지에 쓴 글이라 시기를 감안하면서 읽어야 하는 글이 있어서 실었던 연도와 호를 밝혀 놓았다. 글을 쓴 뒤에 정책이 바뀌거나 실현된 것도 있다는 걸 감안하면서 읽기 바란다. 이 책이 어린이가 부모를 비롯한 어른들 소유물이나, 어른이 되기 위해 어두운 땅 속에서 기다려야 하는 애벌레가 아니라 어른과 똑같이 독립된 인간이고, 어린이 해방이 곧 모든 세대와 모든 계급과 모든 성차별, 약자와 강자를 넘어서 사회 구성원 모두가 자유롭고 평등하고 평화로운 민주공화국을 완성하는 길이라는 것 깨닫는 데 작은 도움이라도 되기를 바란다.

어린이 해방 만세!
어린이 해방 세상 만세!
자유와 평등과 평화가 실현된 인간 해방 세상 만세!

단기 4350년, 서기 2017년, 대한민국 99년 3월 12일
이주영

차례

3부 어른들이 바뀌어야 한다

1부

어린이 해방 세상을 위하여

어린이 해방 세상을 위하여

　'방정환의 어린이 해방 운동 역사와 전망'이라는 주제로
강의를 하고 질의응답을 받았는데, 청중 한 분이 1923년 5월
1일 제1회 어린이날에 선포한 '어린이 해방' 100년이 가까워
오는 현재 우리 사회에서 어느 정도 실현되었다고 생각하는
지 말해달라고 했다. 곧 당시 선언한 '윤리적 압박으로부터
의 해방'과 '경제적 압박으로부터의 해방'이 상당히 실현되
었다고 볼 수 있지 않느냐고 했다.

　나는 한마디로 어린이 해방은 전혀 이루어지지 않았다고
대답했다. 윤리적 압박에서 해방되었다고 전혀 볼 수 없는
현실이기 때문이다. 당시 장유유서를 비롯한 조선 유교 윤
리가 겉으로 보기에는 상당히 사라진 것처럼 보이지만 속
은 전혀 그렇지 않다. 우리 사회는 여전히 어른이 어린이를
소유물로 취급하고 있기 때문이다. 특히 교육에 대한 어른
들의 환상과 두려움을 어린이들한테 그대로 강요하고 있다.

그 압박이 얼마나 심한지 경제협력개발기구(OECD) 회원국 가운데서 18세 미만 어린이 자살 비율이 10년 넘게 일등을 하고 있다.

경제적 압박에서도 전혀 헤어나지 못하고 있다. 출산율 역시 경제협력개발기구 회원국 가운데서 꼴찌다. 우리나라는 1.21명(2014년 기준)으로 회원국 평균치 1.68명보다 한참 밑돈다. 2026년에는 5명 가운데 1명이 노인이 되는 초고령 사회로 들어가고, 2060년에는 생산가능 인구(15~64살) 100명 대 부양인구(노인과 어린이)가 101명으로 늘어난다. 이 정도 되면 우리 사회는 지속가능하지 않은 사회, 더 이상 미래가 존재할 수 없는 사회로 치닫게 될 수 있다.

이렇게 저출산국이 된 가장 큰 까닭은 경제적 억압 때문이다. 아기 임신과 출산으로 부모가 경제활동에 제약을 받게 되고, 육아 기간 동안 경제 부담이 큰 억압으로 작용한다. 이러한 경제적 억압은 겉으로는 부모가 억압을 받는 것이지만 속으로는 아이들이 억압을 받게 되는 것이다. 법으로 보장된 출산휴가나 육아휴직을 못 쓰는 까닭이 직장 눈치 69%고 경제 부담이 27%라고 한다. 직장 눈치는 경제활동에 대한 간접 억압으로 나타나고, 경제 부담은 직접 억압으로 나타난다.

이렇게 현대 어린이들도 직간접적으로 옛날 장유유서와

같은 어른 중심 윤리에 억압당하고 있고, 임신과 출산과 육아를 지원해야 함에도 불구하고 오히려 경제활동 제약과 경제 부담 때문에 임신과 출산 자체를 포기할 정도로 경제적인 억압을 받고 있는 것이다. 대체로 임신 휴가와 출산휴가 때문에 직장에서 상사와 동료 눈치를 보지 않을 수 있고, 3년 육아휴직을 해도 복직을 보장받는 교사 출산율이 다른 직업군보다 훨씬 높다고 한다. 다른 직업군에 견줄 때 육아휴직 보장으로 경제적 압박을 거의 안 받기 때문이다. 곧 다른 직업군도 임신과 출산과 육아 기간에 경제적 압박을 받지 않으면 출산 비율이 높아질 것이다. 어린이가 경제적 억압으로부터 해방될 때 '우리 어린이들이 태어날 권리'를 보장받을 수 있는 것이다.

지금 우리 시대에 필요한 어린이 해방은 임신과 출산과 육아로 인한 경제적 억압으로부터 부모를 해방시켜주는 일이다. 곧 어린이가 이 땅에 태어날 자유와 권리를 소중하게 지켜주고, 주변 어른들이 모두 아주 귀하게 받아들이는 문화를 만들어야 한다. 어린이가 이 땅에 태어날 자유와 권리를 억압받지 않는 어린이 해방 세상, 헌법 제31조에 규정되어 있듯이 자기 능력에 맞게 평등하고 평화롭게 교육받을 권리를 보장받는 어린이 해방 세상, 어린이들이 참된 어린이 문화를 누리면서 어린이답게 살 수 있는 자유와 권리를 보장받는 어린이 해방 세상이 되어야 한다.

　어린이 해방은 시민 해방, 계급 해방, 여성 해방을 넘어 인류가 완성해야 할 인간 해방이 나아갈 길이다. 어린이 해방 세상이 되어야 모든 사람이 자유와 평등, 그리고 평화를 누리면서 사람이 사람답게 살 수 있는 세상이 될 수 있을 것이다.

2016년 12월호

어머니가 존중받는 사회가 되어야
아이들이 태어나지

10월, 우리나라에서도 검은 옷 시위가 일어났다. 보건복지부에서 '의료관계 행정처분 규칙 개정안'을 예고했는데, 그 가운데 의사들의 비도덕적 진료 행위 유형 8가지 가운데 '불법 낙태 수술'을 넣었기 때문이다. 이에 여성들이 '내 자궁은 나의 것'이라며 낙태 금지를 반대하는 시위를 한 것이다. 폴란드에서 낙태금지법에 반대하는 여성 수만 명이 검은 옷을 입고 시위한 것에 착안해서 우리나라에서도 낙태 금지에 대한 항의 시위에 검은 옷을 입기 시작한 것이다. 아르헨티나에서는 16세 여성에 대한 강간에 항의하는 검은 옷 시위를 하기도 했다.

검은색은 보통 불길·불안·슬픔·장례식을 연상하게 하는 색이다. 낙태 금지에 반대하는 여성들은 곧 어머니거나 어머니가 될 사람들이다. 그런 어머니들이 낙태 금지에 반대하는 검은 옷 시위를 한다는 건 그만큼 우리 사회가 어머니들한테 불안하고 슬픈 세상이라는 뜻이다. 실제로 우리나라는 수많은 어머니가 아기를 포기하고 낙태를 하는 사회다. 미혼모들은 아기를 낳았을 때 겪게 될 수모와 살아가기 위한 경제활동을 할 수 없기 때문에 낙태를 한다. 기혼모들 역시 직장이나 경제력 때문에 임신한 아기를 포기하는 경우가 대다수다.

모든 생명체는 모성 본능, 즉 자기 새끼에 대한 강력한 보호 본능이 있다. 여자는 약하지만 어머니는 강하다는 옛말도 있지 않은가. 그런데도 우리 사회에서 그런 모성 본능을 무감각하게 만든 건 1960년부터 정부에서 출산 금지 정책을 시작하면서부터다. '덮어놓고 낳다 보면 거지꼴을 못 면한다, 딸·아들 구별 말고 둘만 낳아 잘 기르자, 둘도 많다 하나만 낳자' 같은 구호를 외치면서 강력한 출산 금지 정책을 1996년까지 35년 동안 했다. 따라서 낙태금지법이 있으나마나 낙태가 만연하였다. 너무 쉽게 편하게 낙태를 하였다. 그 결과 지금은 2001년부터 16년째 경제개발협력기구 회원 국가 중에서 출산율 최저1등인 나라고, 동시에 어린이와 노인 자살 또한 10년 넘게 1등인 나라가 되었다.

나는 낙태는 생명을 죽이는 일이므로 반대한다. 어머니가 태어날 아기를 태어나지 못하게 하는 일이므로 반대한다. 그러나 동시에 아기를 갖는 일이나 낳는 일은 어머니가 선택하고 결정할 일이기에 낙태금지법 역시 반대한다. 미혼모건 기혼모건 스스로 임신을 선택하고, 분만을 결정할 수 있어야 한다. 따라서 어떤 경우에도 상대가 조금이라도 원하지 않는 성 관계는 하지 않는다는 생활문화가 자리 잡도록 해야 하고, 특히 강간은 철저하고 엄중하게 벌해야 한다.

나아가 모든 여성이 임신과 분만과 육아에 대한 불안을 느끼지 않도록 할 수 있는 국가 제도와 사회의식이 필요하다. 어머니들이 임신, 출산과 육아 때문에 직장에서 불이익을 받거나 보건이나 교육비 때문에 미리 겁먹고 임신과 출산을 두려워하지 않을 수 있는 복지제도를 만들어야 한다. 특히 미혼모 인격이 존중받아야 하고, 임신 기간부터 출산과 육아까지 생활권을 국가에서 지켜주어야 한다. 그래서 어떤 경우라도 임신이 그 어머니한테 슬픔이 아닌 기쁨이 되는 사회를 만들어야 한다. 아이를 낳았기 때문에 어머니의 경제력이나 사회 활동력이 침식되는 사회가 아니라 아이를 낳았기 때문에 경제력이나 사회 활동력이 더 향상될 수 있는 나라가 되어야 한다.

십이간지 중 여섯 번째가 뱀이다. 뱀 해 가운데서도 계사년은 흑사, 검은 뱀의 해로 다산과 풍요를 상징한다. 검은 색을 좋은 상징으로 보는 드문 경우다. 이처럼 모든 어머니들 임신을 기쁨으로 맞이하는 사회, 다산을 풍요와 축

복으로 여기는 사회로 나가는 출발점이 되기를 바란다. 어머니가 존중받는 사회가 되어야 아기들도 태어나고 싶을 것이다.

2016년 11월호

국가는 18세 미만 미혼모가 낳는 갓난아기들을 지켜줘야 한다

며칠 전 텔레비전 뉴스를 보는데 쓰레기통에 버려진 신생아를 살린 이야기가 나왔다. 태어나자마자 동네 쓰레기통에 버려진 아기 울음소리를 듣고 지나가던 사람이 경찰에 신고를 했다고 한다. 경찰이 구했을 때는 죽을지 살지 모를 정도였는데 병원에 입원해서 1주일 만에 건강을 되찾았다고 한다. 그 아기는 천만다행으로 살아났지만 버려지는 신생아 대부분은 죽는다고 한다. 버려진 주검으로 발견되는 아기들이 1년에 200여 명이라고 하니 3일에 두 명 꼴로 갓 태어난 아기들이 부모한테 버림을 받아 죽임을 당하는 것이다. 그 뉴스를 보고 인터넷에서 버려지는 갓난아기들에 대해 검색을 해보았다.

가장 눈에 뜨이는 건 서울 난곡동에 있다는 베이비박스에 대한 기사였다. 한 교회 목사가 아기를 버릴 수 있는 시설을 만들어놓았는데, 그 수가 나날이 늘어난다는 것이다.

그런데 더 놀라운 건 그런 시설을 만들어놓았다고 비난하거나 심지어 찾아와서 항의하는 단체까지 있다는 것이다. 아기 버리는 걸 조장한다는 것이다. 아기를 몰래 버려야 하는 어머니 마음이 얼마나 절박한지 눈곱만큼도 헤아리지 못하는 처사다. 우리 사회 현실에서 만일 이런 방법조차 없으면 더 많은 갓난아기가 쓰레기통에 버려지고, 죽음을 당할 것이 뻔하기 때문이다.

아기를 기를 수 없어 입양을 선택한 미혼모들은 아이에 대한 죄책감(46.1%)과 아이에 대한 미련(34.6%)으로 매우 힘들어한다고 했다. 아기를 기를 수 없어 입양을 보낸 어머니들 80% 이상이 괴로워한다는 건 너무나 당연하다. 입양을 보낸 경우도 그런데 베이비박스에 몰래 버려야 하는 어머니, 쓰레기통에 버려야 하는 어머니들 마음은 어떨지 가늠조차 할 수 없다.

미혼모들이 아기를 양육할 수 없는 주요 이유로 '경제 문제'(42.0%)와 '아이의 장래'(20.4%)를 꼽았다고 한다. 또한 미혼모들은 대부분 사회관계가 단절된 상황에서 혼자서 임신과 출산을 책임져야 하는 게 우리나라 현실이다. 월세를 못 내 쫓겨난 30대 초반 미혼모가 "키울 형편이 안 된다"는 이유로 갓난아기를 살해했다가 징역 1년형을 받았다는 기사처럼 우리 사회에서 혼자 갓난아기를 키워야 하는 사람이 겪는 가장 큰 어려움은 돈이다. 혼자 아이도 키워야 하고 돈도 벌어야 하기 때문이다. 더구나 18세 미만 미혼모인 경우에는 가정과 학교와 사회에서 비난받고 멸시받고 버림받기까지 한다.

　이렇게 한부모한테 태어나는 갓난아기들을 어쩔 수 없이 입양 보내거나 몰래 버리거나 심지어 죽이지 않게 한부모들을 지켜주어야 한다. 곧 나라에서 한부모 가정 부모들을 지켜주어야 그들이 낳는 아기들을 지켜줄 수 있다. 특히 18세 미만 미혼모 가정은 미혼모 친정부모나 미혼부 부모에게 부양의무를 맡기지 말고, 나라에서 부양의무를 넘겨받아야 한다. 곧 18세 미만 미혼모들이 학업과 출산을 같이 할 수 있도록 병원과 기숙사와 보육시설을 만들어주어야 한다. 최소한 고등학교를 졸업할 때까지는 보호해주어야 하고, 고등학교를 졸업하는 미혼모나 미혼부가 경제활동을 하면서 아기를 기를지, 아니면 국가 시설에 맡길지 선택할 수 있는 기회를 주어야 한다. 나아가 미혼모나 미혼부가 경제활동을 하면서 직접 아기를 기르고 싶다고 하면 그런 기회를 가질 수 있도록 취업을 주선해주어야 한다. 이런 일은 어린 미혼모·미혼부한테 태어나는 갓난아기들을 지키기 위해서 나라가 마땅히 해야 할 일이다.

2016년 1월호

부모한테 맞아 죽는 아이들이 없게 하려면

"사형! 사형! 사형시켜라!"

부모가 여덟 살 어린 자녀를 때려서 죽게 만든 사건 재판 결과에 항의하는 사람들이 '사형!'이라고 쓴 손팻말을 들고 소리치고 있다. 자녀를 때려서 죽게 만든 계모에 대한 1심 판결 형량이 너무 낮은 걸 보고 분노한 사람들 모습이었다. 두 자매를 5년 동안 키우다 재혼한 계모한테 보낸 고모는 실신하다시피 울고 있다. 4월 초에 계모가 어린 자녀를 때려서 죽게 한 비슷한 사건이 두 건이나 재판을 받았는데, 두 건 모두 살인죄가 아니라 상해치사죄를 적용받았기 때문이다.

4월 중순에는 두 살배기 아들을 아버지가 손으로 때리고 코와 입을 막아서 죽인 시체를 쓰레기봉투에 넣어서 버렸다가 잡혔다. 최근 가정에서 자녀를 학대하는 젊은 부모가 자꾸 늘어나고 있다. 학대하다가 이처럼 죽게 만드는 사건이

일 년에 100여 건이나 드러나고 있다. 드러나지 않는 사건도 있을 테고, 다행히 죽지는 않았더라도 죽기 직전까지 가는 학대 또한 적지 않게 일어나고 있다. 앞에 보기를 든 경남 양산과 경북 칠곡에서 일어난 두 사건은 모두 계모가 죽인 경우지만 실제 사건을 보면 계모나 계부보다 친모나 친부에 의한 자녀 살해가 훨씬 많다.

그동안은 사업이 망하거나 너무 가난해서 부모가 어린 자녀를 죽이고 자살하는 사건이 많았는데, 요즘은 자기 화풀이나 솟구치는 분노를 조절하지 못해서 자녀를 죽이는 경우가 늘어나고 있다. 두 살배기 아들을 죽인 아버지도 게임장에 가고 싶은데 애가 잠을 자지 않고 자꾸 울어서 그렇게 되었다고 한다. 요즘 젊은 부모들이 이렇듯 자기감정을 조절하지 못해서 자녀를 학대하고, 심하게는 학대치사까지 이르게 하는 사건이 늘어나고 있다. 현재 어린이들이 처한 삶의 조건, 곧 어린이들이 경험하는 문화 현실을 보면 이 아이들이 커서 부모가 되었을 때 자녀 학대나 학대치사가 더 많아질 수밖에 없을 것 같다.

어린이들이 가장 안전하고 따스한 사랑으로 보호받아야 할 가정에서 이렇게 학대받고, 심지어 죽음에 이르기까지 하는 가정 학대치사가 급격히 늘어나고 있는 현상을 막으려면 어떻게 해야 할까? 가장 먼저 필요한 건 가정에서 학대

받는 아이들에 대한 사회적 관심이다. 가정 학대가 일어나는 의심이 들면 이웃이나 친지들이 더 적극적으로 나설 수 있는 법과 문화가 만들어져야 한다.

무엇보다 학교나 학원 교사, 병원 의사, 동사무소나 사회복지기관 일선에서 일하는 사회복지사들한테 어린이 학대에 대한 신고 의무와 함께 직접 개입할 수 있는 법적인 권한을 주어야 한다. 경찰한테도 어린이 관점에서 보는 눈과 어린이 권리를 적극적인 관점으로 볼 수 있는 소양 교육을 강화해야 한다. 이번 칠곡 사건 같은 경우는 담임교사가 몇 차례 신고를 하고, 사회복지 관계자들이 알고 있고, 경찰까지도 몇 차례 조사를 했으면서도 제대로 대처하지 않았기 때문에 끝내 맞아 죽은 것이다.

우리 법과 문화는 가정을 너무 성역처럼 보고 있고, 부모에 의한 자녀의 양육권이나 교육권을 너무 과도하게 어른 중심으로 보고 있다. 가정의 자녀 학대에 대한 문제에서는 사회와 국가 권력이 더 강력하게 대응해야 하고, 부모의 자녀 양육권이나 교육권도 어른 중심이 아니라 어린이 중심에서 어린이가 누려야 할 마땅한 권리로 봐야 하고, 그러한 어린이 권리를 지켜줄 수 있는 법과 제도를 마련해야 한다.

2014년 5월호

부모한테 맞아 죽는 아이들을 구하려면 있는 법이라도 좀 지키자

30대 아버지가 초등학교 1학년 아들을 때리다 죽자 시체를 잘라서 냉동실에 넣어두었다가 잡혔다고 한다. 아버지는 어릴 때부터 맞으며 자랐고, 그렇게 때렸다고 죽을 줄 몰랐다고 한다. 어머니는 알면서도 아버지가 잡혀가면 딸을 키울 수 없어서 신고를 하지 않았다고 한다. 어머니도 어려서 부모한테 버림받고 어렵게 살았다고 한다. 자기가 버려진 상처가 있으니 그렇게 만들고 싶지 않았을 것 같다. 그렇다 하더라도 아들 주검을 4년 동안이나 냉동실에 넣어놓고 살고, 이사를 갈 때도 갖고 다녔다고 하니 정말 기가 막히는 일이다.

1990년대를 넘어서면서 돈 때문에 이혼하거나 파탄이 나는 가정이 급속히 늘어나고 있고, 그렇게 가정이 깨지면서 이리저리 쫓기고 끌려다니면서 상처받은 아이들이 부모가 되면서 이런 비극이 점점 늘어나고 있다. 이런 비극에서 아이들을 지키기 위해서는 경제 민주화와 부모 교육이 필요하고, 아이들을 위한 사회 안전망을 만들어야 한다. 국가 차원에서 대책 마련도 서둘러 해야 하지만 우선 지금 있는 법이라도 제대로 지켰으면 좋겠다. 제발 있는 법을 제대로 지키려는 노력이라도 해보자.

헌법 제31조 2항에는 보호자들이 보호하는 아이들이 의무교육을 받도록 할 의무가 규정되어 있고, 교육기본법 제8조 1항에 의무교육은 6년의 초등교육과 3년의 중등교육으로 한다고 되어 있고, 초중등교육법 제13조 2항에 모든 국민은 보호하는 자녀 또는 아동이 중학교를 졸업할 때까지 다니게 하여야 한다고 규정하고 있다. 곧 초등학교부터 중학교까지는 국가에서 아이들을 학교에서 가르칠 의무가 있고, 학부모들은 아이들을 학교에 보낼 의무가 있다. 그리고 아이들은 학교에 다닐 권리가 있다. 그런데 이번 사건이 나자 교육부에서 무단결석하는 아이들에 대해 조사한 바에 따르면 수백 명이나 되는 아이들이 아무런 연락 없이 학교에 나오지 않는데도 그동안 제대로 된 조치를 취하지 않고 있었음이 밝혀졌다. 학교나 동사무소나 경찰이나 그 어떤 국가 기관도 그 아이들이 어디에 가서 어떻게 살고 있는지 살펴볼 생각도 하지 않았다는 것이다.

초중등교육법 시행령 제25조에는 아이들이 연락 없이 7일 이상 학교에 나오지 않으면 학부모에게 2회 이상 등교

독촉이나 경고를 하고, 초등학교는 동장한테 통보하고 중학교는 교육장한테 보고하도록 되어 있다. 제26조에서는 ① 읍·면·동의 장 또는 교육장은 제22조 또는 제25조 제2항의 규정에 의한 통보를 받은 때에는 그 학생의 보호자에 대하여 학생의 취학 또는 출석을 독촉하거나 그 고용자에 대하여 의무교육을 받는 것을 방해하지 아니하도록 경고하여야 한다. ② 제1항의 규정에 의한 독촉 또는 경고를 2회 이상 하여도 그 상태가 계속되는 경우에는 그 경과를 초등학교의 경우에는 읍·면·동의 장이 교육장에게, 중학교의 경우에는 교육장이 이를 교육감에게 지체 없이 보고하여야 한다고 되어 있다. ③ 제2항의 규정에 의하여 읍·면·동의 장으로부터 보고를 받은 교육장은 이를 지체 없이 교육감에게 보고하여야 한다고 되어 있다. 그런데 지금까지 이런 통보와 보고라는 기본 규정도 제대로 지키지 않았다.

2013년 경북 칠곡과 울산에서 가정에서 부모한테 맞아 아이들이 죽는 사건이 연달아 발생하자 2014년 2월 26일 '아동학대 예방 종합대책'을 발표하였지만 그것 역시 발표로 끝나고 말았다. 아이들이 가정에서 부모 손에 죽는 비극을 막으려면 사고가 터질 때마다 종합대책만 발표하지 말고 최소한 지금 있는 법이라도 좀 지키자.

2016년 2월호

태어난 아이들이라도 안전하게 키우자

"아들 딸 구별 말고 둘만 낳아 잘 기르자."

"잘 키운 딸 하나 열 아들 안 부럽다."

1960년대부터 1970년대에 어린 시절을 보내면서 무수히 듣고 보던 말이다. 신문이나 라디오나 텔레비전에서 이게 애국하는 거라고 떠들었고, 학교에서 가르쳤고, 길거리에 걸어 놓은 펼침막이나 전봇대 기둥에서 보고 또 보았다. 당시 국민을 미개인으로 보고 개화시킨다는 관점으로 밀어붙인 산아제한 정책과 무조건 태어나는 아이들을 줄이기 위해 낙태 수술을 너무나 당연한 것으로 여기게 바꾼 잘못 때문에 대한민국은 곧바로 낮은 출산율 문제를 떠안게 된다. 출산율 세계 최저 국가가 되었고, 급격한 고령화 사회로 접어드는 문제가 심각하게 드러나고 있다.

그런데 우리 대한민국은 아직도 그 죄를 참회하기는커녕 태어난 아이들을 죽이는 일마저 멈추지 못하고 있다. 경제가 성장하고 국력이 강해진다고 하는데도 태어난 아이들을 제대로 키우지 못하고, 점점 더 많이 죽이고 있다. 한겨레신문사에서 조사해 발표한 기사(2014. 5. 2)를 보면 우리나라에서는 최근 5년 동안 해마다 사고로 죽는 아이들이 세월호에서 죽은 아이들 네 배나 된다고 한다. 최근 5년 새에 5,998명이나 되는 아이들이 사고로 목숨을 잃었다고 한다. 경제협력기구 국가 가운데 가장 많다고 한다. 우리와 인구가 비슷한 스페인과 견줘보아도 사고로 죽은 아이들이 1,337명 대 520명으로 두 배 이상 많다. 더 비극적인 건 사고로 죽는 아이들 가운데서 자살 비율이 계속 늘어난다는 것이다. 아이들 자살이 늘어난다는 건 그만큼 아이들이 행복하게 살기 어려운 사회로 가고 있기 때문이다. 그런데도 사고로 죽어가는 아이들에 대한 조사나 통계조차 제대로 하지 않고 있다고 한다.

우리 세대 기억에 남아 있는 1999년 6월 30일 씨랜드 청소년수련원 화재 사고, 2000년 7월 14일 경부고속도로에서 수학여행 가던 학생과 교사 18명이 죽고 97명이 다친 교통사고, 2003년 2월 18일 대구 지하철 화재 사고, 2012년 4월과 11월 인천 지역 고등학교 6개 교에서 일어난 급식 사고, 2013년 7월 16일 태안 해병대캠프 참가 학생들 사망 사고, 2014년 2월 17일 경주 마우나리조트 붕괴 사고로 많은 아이가 죽거나 다쳤다. 이렇게 안전사고가 발생해도 그때만 난리법석이지 얼마 지나지 않아 잊는다는 것이다. 그리고 2014년 4월 16일 진도 앞바다에서 침몰한 세월호 참사로 더 많은 아이가 죽어야 했다.

안전사고나 사건이 나면 그 근본 원인을 규명하고, 그에 따른 책임을 져야 할 사람이 지고, 그 대책을 세워나가야 한다. 교통사고 예방 책임은 각 지역 경찰한테 있고, 화재 사고는 각 지역 소방서가 책임져야 하고, 급식 사고는 각 지역 보건소들이 책임을 져야 한다. 곧 각 분야 국가 기관과 회사들이 아이들을 사고로부터 지킬 수 있는 안전 규칙을 철저히 지키도록 해야 하고, 그 책임을 다하지 않거나 못했을 때 엄중하게 책임을 물어야 한다. 사고 날 때마다 아이들한테 소중한 교육 활동을 금지하거나 모든 책임을 학교와 교사한테 떠넘기는 안이한 대처 방식은 이제 고쳐야 한다. 태어나지 못하고 죽은 수많은 아이에 대한 잘못을 비는 마음에서라도 태어난 아이들이라도 잘 지켜야 한다. 태어난 아이들이라도 더 이상 죽이지 말고 안전하게 살 수 있는 대한민국을 만들어야 한다.

2014년 8월호

우리 아이들은 왜 죽어가고 있는가?

비록 선생님 명령일지라도 분명히 잘못되었다면 무조건 명령에 따라서는 안 된다는 것을 부모들이나 선생님 자신이 가르쳐 주어야 한다고 생각한다. 그렇지 않고서는 아이들 마음과 건강을 지켜나갈 수 없는 것이 오늘날 우리가 살고 있는 사회로 되고 있다.

_이오덕, 《삶을 가꾸는 글쓰기 교육》, 238쪽

이 글을 보면 온 국민을 참담한 심경에 빠지게 한 세월호 참사가 떠오른다. 세월호 비극은 돈 버는 데에만 정신 빠진 청해진해운이라는 한 회사가 저지른 죄악의 결과이다. 배가 침몰을 피할 수 없다는 걸 알면서도 수백 명 승객들을 선실에서 나오지 말라고 몇 번씩이나 방송을 하면서 자기들만 먼저 도망친 일부 무책임한 선원들과 책임자라는 걸 들키지 않으려고 속옷 바람으로 도망친 비열한 선장이 저지른 대량 학살이다.

그러나 한편 너무나 안타깝고 안타까운 일은 배가 기울어 넘어가는데, 구명복까지 입은 채로 나오라는 안내방송만 기다린 교사와 학생들이다. 배가 기우는 속도와 교감이 학교장한테 보고하는 전화 통화 내용만 봐도 현장 인솔 책임자가 상황을 판단할 시간은 충분했다고 본다. 또는 담임이 판단해서 자기 학급만이라도 책임지고 난간으로 이동시킬 수 있는 시간도 있었다. 해경에 신고를 처음 한 승객이 학생이라고 했듯이, 고등학교 2학년 학생들도 스스로 판단할 시간은 있었다. 그럼에도 불구하고 '가만히 있으라'는 방송만 믿고 기다린 인솔책임자와 담임교사와 학생들이 너무나 안타깝다.

만일 이오덕 선생님이 연구하고 실천한 삶을 가꾸는 글쓰기 교육에서 지향하는, 자기 현실을 자세히 보고 솔직하고 당당하게 표현하는 교육이 이루어졌더라면 피해 규모가 달라졌을 가능성이 크다. 위 글에서처럼 초등학교 어린이부터 자기 스스로 보고 생각하고 판단할 수 있는 힘을 길러주어야 참된 '나'가 있는 사람으로 살 수 있다면서 부모나 교사를 비롯해 누구의 명령이라도 그 명령이 올바른 것인지 아닌지를 살피도록 가르쳐야 하고, 바르지 않다고 생각하면 그 명령을 따르지 않을 힘을 길러주어야만 우리 아이들을

살릴 수 있고, 사람으로 살 수 있다고 하였다. 이 책이 1984
년에 나왔으니 꼭 30년 전 이야기다.

14명 인솔교사 가운데서 11명이 아이들을 구하다 아이들
과 함께 돌아가시고, 인솔책임자인 교감은 살아 나와서도
자살을 했으니 너무나 가슴 아픈 일이고, 인솔교사들한테
무어라 할 말은 없다. 오히려 요즘처럼 자기 책임을 다하지
않고, 자기만 살겠다고 발버둥치는 세상에서 이렇게 자기가
책임진 아이들과 함께 죽음을 선택한 교사들이 있다는 것
만도 놀라운 일이다.

이번에 승객 476명 중 단원고 2학년 250명과 일반 승객
104명을 죽음으로 몰아간 선박회사 경영자들과 선장을 비
롯한 일부 선원들, 국가의 책임자들은 마땅히 대량 학살에
대한 죄값을 치르게 해야 한다. 그러나 더 나아가 모든 교육
을 명령으로 일관하는 교육 풍토와 문화를 이제는 정말 바
꿔야 한다. 교육부, 교육청, 학교장이 일방적으로 교사들한
테 명령하고, 교사들은 아이들을 복종시키는 교육에서 아
이들을 자기 삶의 주체로 세우는 교육을 해야 한다는 이오
덕 교육론으로 대전환을 해야만 한다. 그 길만이 우리 아이
들과 미래를 살리는 길이다.

2014년 6월호

아이들을 담배에서 지키려면

　며칠 전 언론에서 담배 피우는 초등학생들이 늘어나고 있다고 했다. 담배를 피우는 아이들을 조사했는데, 날마다 담배를 피우는 아이들 평균 나이가 13.7세라고 한다. 평균 나이가 이렇다면 초등학생 때 처음 담배를 피우기 시작한 아이들이 꽤 많다는 이야기다. 담배 연기가 건강한 어른들 허파와 몸을 얼마나 해치고 있는지는 여러 가지 실험과 통계로 잘 보여주고 있다. 그 피해는 나이가 어릴수록 더 심각할 수 있다는 것은 상식이다.

　이 때문에 학교에서도 아이들이 담배를 배우지 않도록, 아이들이 담배를 끊을 수 있도록 하기 위한 교육을 하고 있다. 그럼에도 불구하고 담배를 피우는 아이들이 크게 줄지 않고 있다. 정부기관에서는 최근 청소년 흡연율이 2.6% 줄었다고 발표하지만 현실을 보면 그 정도 수치는 큰 의미가 있다고 보기 어렵다. 주변에서 보는 청소년들 흡연 현상을 볼 때 정확한 통계라고 보기 어렵기 때문이다. 더구나 이 통계에서는 초등학생들이 빠져 있다. 담배를 피우는 초등학생들이 늘어나고 있고, 담배를 피우기 시작하는 나이가 내려가고 있는데 기초 조사를 통한 통계도 없다.

지난 달 어느 초등학교에 강의를 갔다가 금연 교육을 보았다. 4, 5, 6학년 전체를 대상으로 하는데, 어느 금연 단체에서 나온 금연 교육 전문 강사가 방송실에서 방송으로 하고 있고, 학생들은 각 교실에서 화면을 쳐다보고 있었다. 화면에서는 흡연이 나쁜 까닭과 흡연으로 망가진 허파와 몸 일부를 통계 수치와 동영상으로 보여주고 있었다. 그런데 아이들은 그저 조용히 앉아 있기는 했지만 다른 데 마음과 정신을 팔고 있는 모습이 많았다. 더구나 담임교사들은 보지도 않고 책상에서 각자 다른 일을 하고 있고, 담임교사가 없는 교실도 있었다.

이런 교육은 얻을 것보다는 잃을 것이 더 많다. 아주 안 하는 것보다야 낫지 않겠느냐고 말할 사람도 있을지 모르지만 이렇게 할 거면 차라리 안 하는 게 더 낫겠다. 외부 단체에서 강사가 온다고 해도 방송이 아니라 각 교실에서 아이들과 직접 소통하면서 가르쳐야 하고, 어떤 교육이든 담임교사가 같이 해야 한다. 곧 교사가 협력해야 한다. 최소한 담임교사가 그 강의를 열심히 듣는 모범을 아이들한테 보여주기라도 해야 한다. 교사들이 보기에 식상한 내용이라면 아이들한테도 보여주어서는 안 된다.

교육 내용을 보니 초등학교 어린이들 수준에 맞지 않는 외래어나 외국어가 너무 많았다. 사실 흡연 예방 교육이니 금연 교육이니 하는 말부터 바로잡아야 한다. 흡연이라는 한자어를 군이 쓸 필요가 없다. '담배는 나빠요', '담배 피우면 이렇게 돼요', '담배 피우지 않기'라고 하면 금방 알 수 있지만 '흡연 예방 교육'이라고 하면 그 말을 속으로 '담배 피우는 것을 미리 막는 걸 배우거나 가르치기'로 번역해야만 하기 때문이다. 어른도 생각해서 번역해야 하는데, 어린이들은 어른들보다 몇 배 더 힘들게 번역해야 한다. 아예 번역할 수 없는 전문 용어들도 많았다.

담배에서 아이들을 지키는 가장 좋은 길은 어른들이 함부로 담배를 피우지 못하게 하는 사회 문화를 만드는 것이다. 담배를 피우면 안 되는 곳에서 담배를 피울 때 엄격하게 처벌을 하고, 아이들이 담배를 피우다 걸렸을 때 그 담배가 어디서 났는지를 철저히 조사해서 담배를 팔았거나 관리를 제대로 하지 않은 어른을 엄격하게 처벌해야 한다. 현재 만들어놓은 법대로만 철저하게 관리해도 아이들이 담배를 손에 넣거나 함부로 피우는 일이 훨씬 줄어들 것이다.

2015년 11월호

아이들이 잠 잘 권리를 빼앗는 어른들

　　보건복지부가 '2013년 한국 아동 종합실태 조사'(보건
복지부. 2014년 11월)를 발표했다. 18살 미만 아동이 있는
4000여 가구를 대상으로 한 조사인데, 한국 아이들이 스
스로 느끼는 '삶의 만족도'가 경제협력개발기구 국가 가운
데 가장 낮은 수준이라고 밝혔다. 100점 만점에 60.3점이다.
낮은 나라에 속하는 루마니아가 76.6점이고, 폴란드도 79.7
점이다. 루마니아와도 무려 16.3점이나 차이가 난다.

　　우리나라 아이들 삶의 질이 떨어지는 가장 큰 까닭은 지
나친 학업 스트레스다. 문·예·체 취미 활동마저도 잘못하
면 학업 스트레스가 된다. 간단한 줄넘기마저도 스스로 하
는 취미 활동이나 즐거운 놀이가 아니라 수행평가 점수를
따기 위해서 해야 하면 학업 스트레스가 되는 것이다. 이런
현실 때문에 문·예·체 취미 활동이나 또래들과 사귀는 놀
이가 부족할 때 느끼는 '아동 결핍 지수' 역시 경제협력개발

기구 국가 가운데서 한국 아이들 결핍 지수가 가장 높다.

한국 아이들한테 가장 부족한 것 가운데 하나가 '잠자는 시간'이다. 잠을 푹 잘 수 있는 권리를 어른들 때문에, 어른들이 만들어놓은 생활 문화 때문에 빼앗기고 있다. 어린 시절 잠 부족은 뇌 건강을 해치고, 평생 몸과 마음이 바르게 자라는 데 큰 걸림돌이 된다. 깨어 있는 동안에 뇌가 활동하면서 뇌 안에 쌓인 쓰레기들을 씻어 내야 하는데, 잠자는 시간이 부족하거나 자더라도 제대로 자지 못하면 뇌가 깨끗하게 성장할 수 없기 때문이다.

잠에는 얕은 잠과 깊은 잠이 있는데, 얕은 잠은 조금 깨어 있는 듯한 상태로 꿈을 꾸는 잠이다. 엄마 뱃속에 있을 때 얕은 잠을 자면서 꿈을 경험한다고 한다. 깊은 잠을 잘 때 피로가 풀리고 뇌가 깨끗해진다. 특히 푹 자면서 씻어버리는 '아밀로이드베타'라는 분자는 알츠하이머 치매를 일으키는 물질이다. 나이가 들면 긴 잠이나 깊은 잠을 푹 자지 못해서 노인들이 치매에 걸리기 쉽다고 볼 수 있다. 요즘은 젊은 사람이나 어린 아이들한테서도 치매가 발병하는 추세가 늘어난다고 하는데, 잠자는 시간이 점점 줄어드는 우리 생활 문화와도 관계가 있지 않을까?

부모와 교사들이 아이들한테서 잠을 빼앗는 주된 이유가 학습인데, 학습에서 가장 중요한 능력이 기억력이다. 뇌 안의 신경 세포 사이에 정보교환이 강화되면서 정보를 받아들이는 수상돌기에 버섯 모양 가지가 생겨난다. 이 수상돌기 버섯가지가 많아질수록 정보를 주고받는 능력이 높아지는데, 지난 6월 미국 뉴욕대학 연구진이 〈사이언스〉에 발표한 연구 내용을 보면 동물이 깊은 잠을 잘 때 이런 수상돌기 버섯가지가 잘 만들어진다고 한다. 따라서 학습 기억 효과를 높이려면 잠을 푹 자는 것이 꼭 필요하다. 부모와 교사들이 그토록 강요하는 학습을 위해서라도 아이들이 긴 잠을 푹 잘 수 있는 생활 문화가 필요하다.

항일투쟁기에 독립 운동을 하던 분들이나 민주화 운동 시기 민주 운동을 하다 잡혀서 감옥에 갔던 분들에게 가장 견디기 힘든 고문은 잠을 못 자게 하는 고문이었다고 한다. 계속 잠을 못 자게 하면 나중에는 머리가 멍해서 아무런 생각도 할 수 없고, 갈피도 잡을 수가 없고, 미칠 것 같다고 했다. 한국 사회는 지금 어른이나 아이들이나 좀 더 잠을 잘 수 있는 생활 문화를 찾아야 한다. 잠을 푹 잘 수 있는 사회를 만들어야 한다. 최소한 아이들이 마땅히 누려야 할 깊은 잠을 잘 권리를, 아이들 미래를 위한다는 이름으로 함부로 빼앗는 어른은 되지 말아야 한다.

2014년 12월호

아이들은 놀아야 산다

놀고 싶다

오늘은 놀이터에서 놀고 싶었지만 엄마는 공부를 하라고 하신다.

하지만 친구들이 밖에서 노는 것을 보니까 화가 난다.

공부를 하는데 민철이 아줌마가 오셨다.

우리는 밖에 나가서 한 시간 동생하고 놀 수 있었다.

_김세란 글, 1학년 일기 모음 《놀고 싶다》, 55쪽

초등학교 1학년 어린이가 쓴 글이다. 놀이터에서 놀고 싶은데 어머니가 공부하라고 한다. 화가 나는 걸 참고 공부하는데, 마침 어머니 친구가 놀러 왔다. 아마 세란이보다 어린 민철이를 데리고 왔나 보다. 세란이 어머니와 민철이 어머니가 차 한 잔 하면서 이야기 나누는 동안 민철이를 데리고 밖에 나가서 놀았다고 한다.

아이들은 놀아야 산다. 아이들이 건강하게 자라나려면 밥, 놀이, 책이 필요하다. 깨끗한 먹을거리는 몸을 건강하게 자랄 수 있게 하고, 즐거운 놀이는 마음을 건강하게 살찌우고, 좋은 책은 생각을 올바르게 키울 수 있는 양분이 되어 준다. 이 세 가지가 잘 어우러져야 하는데, 요즘 우리 아이들은 이 세 가지 모두 제대로 누리지 못하고 산다. 그 가운데서도 놀이는 어른들한테 몽땅 빼앗기고 있다. 공부하라고 채근하는 부모들한테 놀 시간을 빼앗기고, 그나마 좀 노는 것도 돈 주고 사서 노는 거다. 돈을 주고 사거나 파는 놀이는 참된 놀이라고 할 수 없다.

돈을 주고 사는 가짜 놀이를 대표하는 컴퓨터 게임, 인터넷 오락을 보자. 아이들이 중독되었다고 할 정도로 심하게 하는 대부분 게임이 끊임없는 경쟁과 폭력과 파괴를 바탕으로 하고 있다. 게임을 하는 아이들은 스트레스가 풀린다고 한다. 그러나 이런 폭력과 파괴를 즐기면서 스트레스를 푼다는 건 아이들이 현실 속에서 그보다 더한 폭력에 노출되어 있다는 걸 반증한다고 할 수 있다. 이런 폭력과 파괴를 바탕으로 하는 게임은 막연한 불안과 두려움을 증폭시킨다. 나아가 자극이 약한 현실에 대해 무관심, 무반응, 무기력한 태도를 갖게 한다. 초등학교 4, 5학년부터 벌써 이러한 3무 현상에 중독된 아이들이 점점 늘어나고 있다.

우리 아이들이 3무 현상에 물들지 않게 하려면 다른 사람들이나 자연과 놀 수 있는 시간과 장소를 마련해주어야 한다. 부모와 친구들하고 다양한 놀이를 하고, 기계가 아닌 흙과 모래, 물, 바람, 동식물과 놀아야 한다. 돈 주고 타는 놀이기구나 돈 주고 사주는 장난감이 아니라 스스로 줍거나 만들어서 노는 즐거움을 만끽하도록 해야 한다. 아이들은 기계나 장난감 칼이나 총보다는 사람이나 자연하고 놀아야 한다. 그래야 자연으로부터 배울 것을 배우고, 다른 사람과 어울려 살 수 있는 사회성을 기르고, 스스로 무엇을 상상하고 만들 수 있는 창의성을 기를 수 있다. 아이들이 어려서 마음껏 놀아야만 건강하게 자랄 수 있고, 어른이 되어서도 행복하게 살 수 있는 힘을 기를 수 있다.

나는 우리 시대 어른들, 곧 부모와 교사들이 짓고 있는 가장 큰 죄가 아이들한테서 놀 시간과 놀 장소와 놀 대상을 빼앗는 거라고 생각한다. 모든 생명체가 누려야 할 어린 시절을 빼앗고 짓밟는 잔인한 짓을 멈추어야 한다. 우리 아이들이 건강하게 자라서 사람답게 살 수 있도록 하려면.

2013년 6월호

어린이가 없는 어린이 놀이터

우리 사회를 30년 전과 견주어보면 참 많은 것이 바뀌었다. 고층 빌딩과 아파트가 넘치고, 어디 가나 자동차가 넘친다. 30년 전에는 집에 전화가 없는 집도 많았는데 요즘은 사람마다 손전화를 들고 다닌다. 10년이면 강산이 바뀐다고 했는데, 그 강산이 세 번이나 바뀌는 세월이니 당연한 이야기겠다. 그런데 문제는 그 바뀌는 방향이 삶의 문화보다는 죽음의 문화로 가고 있다는 점이다. 지구촌 주요 국가 가운데서 자살률이 8년 연속 1위고, 아이들 자살도 1위고, 자살하는 아이들 나이가 점점 어려지고 있다. 몇 년 전부터 정부에서는 출산율을 높인다고 엄청난 예산을 쏟아붓고 있는데, 정작 태어난 아이들은 제대로 살리고 있지 못하니 걱정이다.

30년 전에는 '어린이 놀이터 턱없이 모자란다'(1979. 4. 13, 동아일보), '잡동사니 속에서 아슬아슬하게 노는'(1980.

10. 25, 한국일보), '어린이들이 놀 곳을 만들자'(1981. 7. 14, 서울신문), '폐차 놀이터-아파트 어린이들 아슬아슬한 곡예'(1980. 5. 31, 중앙일보) 같은 기사가 많았다. 놀이터가 없어서 버려진 차 주변에서 노는 아이들, 골목 쓰레기더미에서 노는 아이들, 위험한 찻길에서 노는 아이들 사진을 보여주면서 어린이들이 안전하게 놀 수 있는 놀이터를 만들어주어야 한다고 했다. 노는 아이들, 놀아야 하는 아이가 많은데 놀이터가 없는 것이다. 그러니 국가에서 안전하면서도 즐겁게 놀 수 있는 놀이터를 만들어주어야 한다고 했다.

30년이 지난 요즘은 이런 기사를 볼 수 없다. 아니, 어린이 놀이터가 너무 많다고 비판하는 여론이 일어날 판이다. "주변에 어린이 놀이터를 가보라. 어린이들이 보이지 않는다. 놀이터에 어린이들이 하루에 얼마나 오는지 통계를 내어보라. 어린이 숫자에 비해 놀이터가 너무 많다. 중구난방 주먹구구식으로 대충 산출한 근거에 의존하여 설치한 결과가 아닐까? 어린이 놀이터 과잉시설은 쓸데없는 예산 낭비가 아닌지?" 얼마 전에 서울 어느 지역 구정을 비판하는 글이다. 텅빈 어린이 놀이터 사진을 십여 장이나 같이 올리면서 구청에서 어린이 놀이터를 너무 많이 만들어서 예산을 낭비하고 있다는 것이다.

이런 비판은 사실만 보고 그 진실은 보지 못하고 있는 것이다. 그 지역 어린이 수에 견주어볼 때 놀이터가 많은 것이 절대 아니다. 어린이들이 놀이터에 나와 놀 시간과 여유와 문화가 사라진 것이다. 비판의 화살을 지역 구청에서 어린이 놀이터를 만드느라 예산을 낭비한다는 데 초점을 맞춰서는 안 된다. 그보다는 구청이나 시청이나 국가에서 어린이 놀이터에서 어린이들이 마음 놓고 뛰어놀 수 있는 세상을 만드는 데 관심을 갖도록 촉구해야 하는 것이다. 어린이들이 건강하게 자라려면 학교 정규 수업이 끝난 다음에는 마음껏 뛰어놀 수 있어야 한다. 학교 운동장과 마을 놀이터마다 뛰어노는 아이들이 내지르는 기쁨에 찬 웃음소리가 하늘높이 울려야 한다. 출산율을 높이기 위해 투입하는 예산의 반이라도 어린이문화에 관심을 갖고, 어린이문화를 살리는 일에 투입해야 한다. 어린 시절 마음껏 뛰어놀았던 즐거운 추억마저 없는 회색 부모들로 이 땅이 가득 차기 전에.

2013년 10월호

국군은 어린이 편이어야 한다

4·19 혁명 기념관에 갈 때마다 눈시울이 뜨거워지는 사진을 보게 된다. 수송초등학교 어린이들이 '부모형제들에게 총부리를 대지 마라'는 펼침막을 들고 시위하는 모습이다. 또 수원 시내 초등학교 어린이들은 '민주주의 도살 원흉 가차 없이 색출하라'는 펼침막을 들고 앉아 있고, 그 뒤에 아기를 업은 아주머니와 할머니들이 서서 지켜보고 있다. 더 눈물 나는 사진은 당시 국회의사당(현재 서울시의회) 앞을 지키는 탱크 3대에 어린이들이 새까맣게 올라타고 있는 모습이다. 이 사진들을 보면서 눈시울이 뜨거워지는 까닭은 당시 이 어린이들을 보호하고 지켜준 사람들이 다름 아닌 계엄군이었기 때문이다. 당시 어린이들은 계엄군이 탱크를 몰고 진입하자 '국군은 우리 편이다'를 외치며 환호하였다고 한다.

당시 경찰은 어린이 편이 아니었다. 경찰들은 시위하는

어린이들을 총으로 쏘아 죽였다. 수송초등학교 6학년 전한 승 어린이는 4월 19일 광화문에서 경찰이 정조준해서 쏜 총탄에 머리를 맞아 목숨을 잃었다. 그러나 계엄군은 탱크에 올라오는 어린이들을 내치거나 죽이지 않고 지켜주었다. 전쟁이 끝난 지 10년도 지나지 않은 때였다. 시위를 그대로 두면 국군 통수권자인 이승만 대통령이 쫓겨나고 자유당 정권이 무너지고 당시 특권을 누리던 기득권층이 몰락하는데, 대통령이 계엄을 선포하고 국군을 서울 시내로 진입시켰는데, 그 계엄군들은 철저하게 정치적 중립을 지키면서 대통령이나 정권이 아니라 국민의 생명과 재산을 지켰다. 자기들 탱크 위로 기어오르며 해맑게 웃고 있는 수많은 어린이의 생명을 지켜주었다.

헌법 제5조 2항에 '국군은 국가의 안정보장과 국토방위의 신성한 의무를 수행함을 사명으로 하며, 그 정치적 중립은 준수된다'고 규정하고 있다. 곧 국군은 국민의 군대이지 대통령이나 특정 정당이나 일부 특권층을 위한 군대가 아니다. 헌법에 따라 국군 통수권은 대통령한테 있으니 대통령 명령을 따라야 하지만 그건 어디까지나 국가의 주인인 국민의 생명과 재산을 지키라는 명령일 경우에만 유효한 것이다. 국민한테 총부리를 겨누고 위협하고 죽이라는 명령은 무효인 것이다. 국민들이 정치적 판단이 달라서 서로 심각하게 다툴 때 국군은 국민들이 서로 해치지 않도록 양쪽을 모두 지켜야 하는 것이지 어느 한쪽 편을 들어서는 안 된다. 다른 한 편에 총부리를 들이대면 안 된다. 군인들은 자기 목숨을 걸고 정치적 중립을 지켜야 하는 것이다. 자기 목숨 살리려고 국민을 죽여서는 안 된다.

그러나 1980년 5월 18일 광주에 온 군인들은 그런 판단력도 용기도 없었다. 비겁한 군인들이었기 때문에 무조건 명령에 따르는 노예나 로봇이 되어 국민을 학살하였던 것이다. 심지어 강에서 헤엄치다 마을로 도망가는 초등학교 어린이들한테 총을 난사해서 학살했다. 만일 1987년 6월 민주항쟁 때 국군이 정치적 중립을 지키지 않았다면 서울 시내는 피바다가 되었을 것이다. 당시 군인들은 특권층들 요구대로 움직이지 않고 제자리를 지켰다고 한다. 국군은 국민의 군대고, 정치적 중립을 준수해야 한다는 기본 상식을 가진 지휘관들이 있었기 때문에 가능한 일이었다.

현재 국군 지휘관이나 장병들은 어떨까? 또다시 1987년 6·10 민주항쟁, 1980년 5·18 광주민주항쟁, 1960년 4·19 혁명처럼 경제 민주화를 요구하는 시위가 격화될 때 계엄령을 선포하고 학살을 명령한다면, 만일 자신들이 누리고 있는 기득권을 잃을까 두려운 일부 특권층이 남북전쟁을 획책한다면? 국군은 명심해야 한다. 국군은 국민의 군대며, 헌법

에 따라 국민의 편에서 국민의 생명을 지켜야 한다고. 무엇
보다 겨레의 희망이며 인류의 미래인 소중한 우리 어린이들
을 살리고 지켜주는 편이 되어야 한다고.

2016년 5월호

대한민국은
아이들한테 부모를 돌려주어야 한다

　요즘은 잘 안 쓰는 말인데, 천애고아天涯孤兒라는 말이 있다. 내가 어릴 때는 자주 듣던 말이다. 6·25 전쟁이 끝나고 얼마 안 되는 때라 온 식구가 다 죽고 혼자 살아 남은 아이들이 흔하게 있었기 때문이다. 천애天涯는 천애지각天涯之角을 줄여 쓰는 말로 하늘 끝이나 땅 끝이나 물 끝이나 벼랑 끝이나 뿔 끝처럼 아주 위태롭고 구석진 자리를 가리키는 말이다. 곧 천애고아天涯孤兒란 이 세상에 살아 있는 핏줄이나 부모 없이 오직 자기 혼자 남은 아이, 아무 도움이나 보살핌도 받기 어려운 자리에 내던져진 아이를 일컫는 말이다.

　나는 요즘 대한민국 아이들이 살아가는 형편을 돌아볼 때마다 '이 아이들이 천애고아가 아니고 무엇인가?' 하는 상념을 떨칠 수가 없다. 부모가 있지만 부모가 없는 집, 친척이 있지만 친척이 없는 집안, 어른이 있지만 어른이 없는 마을에서 사는 아이들이니 천애고아와 다를 게 없다는 것이다. 대다수 아이들이 부모가 없는 빈집에서 시간을 보내거나 끝없는 억압과 폭력과 경쟁을 부추기는 학교와 학원으로 떠돌아다닌다. 사촌이나 육촌 형제 얼굴도 모르고 사는 아이들이 수두룩하다. 아랫집, 윗집, 옆집 어른들이 누군지도 모르고 산다. 모른다는 건 없는 것이나 다를 바 없고, 모르는 사람한테는 친절도 기대하기 어렵다. 모두가 두려운 적이다.

"좋아하는 사람, 소중한 사람이 있으면 자주 보고 싶지 않아요? 내가 그렇게 소중하면 일찍 들어와서 나랑 같이 이야기하고 그래야 하는 거 아녜요? 그런데 엄마 아빠는 항상 늦게 들어왔어요. 내가 보기 싫어서 그런 거라는 걸 난 다 알고 있어요."

"공부하는 게 너무 힘들어 학교에 갈 수가 없어요. 엄마 아빠는 늘 밤늦게 들어오고, 열심히 공부해도 나한테 관심이 없어요. 엄마 아빠도 행복해 보이지 않아요. 죽어라 공부해서 좋은 회사 취직했는데 저렇게 살까봐 무서워요."

부모가 밤늦게 들어와 어려서 부모 보살핌을 받지 못하는 아이들이 위기 청소년이 되는 경우가 늘어나고 있다는 연구 논문이 속속 나오고 있다. 학교 폭력 경험이 있는 학생 어머니가 그렇지 않은 학생 어머니보다 월평균 노동시간이 훨씬 많다는 연구 논문도 있다. 아버지가 10시 이후에

퇴근해서 얼굴도 잘 못 보는 아이들이 70%나 된다는 연구 결과도 있다(한겨레 2014. 10. 21 기사). 부모 맞벌이보다 맞벌이 부모들이 장시간 노동과 야근에 내몰리는 사회 현실이, 그런 현실을 막아주기는커녕 묵인하거나 조장하는 국가제도가 수많은 우리 아이를 부모 없는 자식으로 만들고 있는 것이다.

지난 여름 한 달 정도 북유럽 여행을 했는데, 6시가 넘으면 가게들이 다 문을 닫았다. 몇 해 전 스위스 바젤에 있는 슈타이너 학교에 한 달 정도 연수를 갔을 때도 대부분 가게들이 아침에 문을 여는 시간과 저녁에 문을 닫는 시간이 정해져 있었다. 12시부터 2시까지는 모든 직장이 점심시간이었다. 그래서 부모들이 집에 가서 아이들 점심을 챙겨 줄 수 있었고, 아이들이 집에 가서 밥을 먹고 올 수 있었다.

이런 사회제도는 개인 선택이 아니라 국가에서 제도로 규정해서 강력하게 추진해야 가능해진다. 소중한 우리 아이들이 더 이상 부모 없는 고아로 자라지 않게 하려면, 대한민국이 나서서 노동시간과 경제 소득을 정의롭게 나누어야 한다. 아침과 점심과 저녁 시간을 가족과 이웃이 함께할 수 있도록.

2015년 1월호

욕하는 아이들, 욕먹는 어른들

"야아, ×나 열 받네. ×팔 년아."

엊그제 6호선을 타고 가다 약수역에서 3호선을 갈아타러 가는 중이었다. 회의 시간에 늦어서 빠른 걸음으로 계단을 올라가는데, 바로 앞에서 올라가던 앳된 여자아이가 같이 가는 옆 친구한테 날리는 욕설이 날카롭게 울렸다. 그 순간 두 아이 앞에 가던 사람이 놀란 듯 멈칫했다. 두 아이도 주춤거리는 바람에 급하게 올라가던 내 왼쪽 어깨하고 욕을 한 아이 오른쪽 어깨가 부딪쳤다. 순간 그 아이가 나를 향해 고개를 숙이면서 아주 공손한 말로 "죄송합니다"라고 사과하였다.

방금 전에 욕하던 목소리와는 전혀 다른 얼굴과 목소리로 정중하게 사과를 하는 것이다. 내가 그들을 지나쳐서 한 걸음도 더 떼기 전에 그 아이가 친구한테 서슴없이 "그 ×끼, 완전 ×라 ×끼야. 그치?"라고 내뱉었다. 그동안 교실이나 길거리나 버스 안에서 거침없이 욕을 하는 아이들을 봤다. 그런데 이번처럼 그 짧은 순간에 아주 거친 욕설과 더할 수 없이 공손한 태도로 사과하는 말을 동시에 하는 경우를 보기는 처음이었다. 욕을 욕이라고 생각하지 않고 친구들끼리 자연스럽게 쓰는 말로 생각하는 아이들이 보여주는 태도다. 욕이 입버릇으로 된 아이인 것이다. 그렇게 욕을 입버릇으로 하는 아이들은 대체로 다른 행동도 거친데 그 아이는 이처럼 완벽한 이중성을 보여주었기 때문에 소름이 돋았다.

내가 어릴 때도 아이들끼리 놀 때는 욕을 했다. 그러나 평소 욕을 입에 달고 다니면서 하는 아이는 동네에 한두 명 있을 뿐이었다. 그것도 '개××'나 '×팔' 정도였다. 한번은 나도 동생하고 놀다가 화가 나서 '×새끼'라는 욕을 했다가 어머니한테 된통 야단을 맞은 적이 있다. 어머니가 어릴 때 오빠가 욕을 한 적이 없다고 하셨다. 가장 엄하게 야단치는 말씀이 '고얀 녀석'이었다고 하셨다. 그러니 나보고도 동생들한테 욕을 하면 안 된다고 하셨다.

내가 초등학교에서 아이들을 가르치기 시작한 1970년대를 돌아보면 욕을 입버릇처럼 하는 아이들이 많이 늘어서 5% 정도는 되었던 것 같다. 그런데 80년대, 90년대, 2000년대로 오면서 욕을 입버릇처럼 하는 아이들이 점점 늘어났다. 얼마 전에 한 연구기관에서 발표한 자료를 읽은 기억이 난다. 평소 생활하면서 욕을 입버릇처럼 하는 아이들이 초등학생은 65%, 중고등학생은 77%, 대체로 욕을 잘 하지 않는 아이들은 겨우 5%라고 했다. 40년 만에 평소 욕을 입버릇처럼 하는 아이들과 잘 하지 않는 아이들 수치가 뒤바뀐 것이다. 무서운 일이다.

욕은 말과 주먹 사이에 있는 간단하고 직접적인 감정 표현이다. 욕을 자주 많이 할수록 공격성이 강화되고, 공격성을 멈추거나 지연시키거나 우회시킬 수 있는 자기조절 능력을 약화시킨다. 그런 점에서 욕은 일종의 병이라고 할 수 있다. 요즘 우리 아이들은 욕이라는 전염병에 점령당한 환자들이다. 그 병을 전염시키는 숙주는 어른들이 만든 학교와 사회다. 그런 학교와 사회에 대한 분노와 좌절이 아이들 입을 통해서 쏟아져 나오고 있는 것이다. 입만 열면 개구리나 뱀이나 전갈이 튀어 나오는 옛이야기 속 아이들로 자라는 아이들, 그 아이들 입에서 나오는 욕은 바로 어른들을 향한 것이다. 그러면서 동시에 겉으로는 어른들에게 복종한다. 이러한 이중성에 익숙해야만 살아남을 수 있는 비참한 지경에 이른 우리 아이들을 어떻게 살려낼 수 있을까? 참으로 앞이 깜깜하다.

2015년 4월호

2부

모두 행복한 삶을 위하여

어린이에게 잡지를 자주 읽히십시오

　　어린이에게 잡지를 자주 읽히십시오. 어린이에게는 되도록 다달이 나오는 소년 잡지를 읽히십시오. 그래야 생각이 넓고 커짐은 물론이요, 또한 부드럽고 고상한 인격을 가지게 됩니다. 돈이나 과자를 사주지 말고 반드시 잡지를 사주도록 하십시오. 희망을 위하여 내일을 위하여 다 각각 어린이를 잘 키웁시다.

　　1923년 5월 1일, 방정환을 비롯한 당시 어린이를 위한 사회운동가들이 어린이 해방을 위해, 겨레의 어린이들이 바르게 자라날 수 있는 사회 환경을 만들기 위해 제1회 어린이날 행사를 하면서 '소년운동의 기초 조건'이라는 제목으로 배포한 전단 마지막 부분에서 옮겨온 글이다.

　　이 글은 어른들에게 부탁하는 글 가운데 하나다. '우리들의 희망은 오직 한 가지 어린이를 잘 키우는 데 있을 뿐입

니다. 다 같이 내일을 위하여 이 몇 가지를 실행합시다. ①
어린이를 어른보다 더 높게 대접하십시오. ② 어린이를 결코
윽박지르지 마십시오. ③ 어린이 생활을 항상 즐겁게 해주
십시오. ④ 어린이는 항상 칭찬해가며 기르십시오. ⑤ 어린이
에게 잡지를 자주 읽히십시오.'

이 다섯 가지 제안을 보면 수십 년 전 이야기인데도 마
치 요즘 어른들한테 하는 말 같다. 아니 현대사회를 살아가
는 어른들도 꼭 실천해야 할 일이다. 그 가운데 다섯 번째로
제안하고 있는 소년 잡지, 곧 어린이 잡지를 읽을 수 있도록
사주자는 까닭으로 '생각이 넓고 커지면서 부드럽고 고상한
인격을 가지게 됩니다'를 들고 있다. 다시 말한다면 이 선언
문을 배포하기 두 달 전인 1923년 3월에 방정환이 창간한
월간 잡지 〈어린이〉가 이런 소망을 담아서 만들고 있다는
뜻이라고 할 수 있다.

1923년 3월, 방정환이 앞장서 창간한 〈어린이〉 잡지는 일
제 탄압 속에서도 12년 동안 꾸준히 펴내면서 당시 어린이
들한테 많은 영향을 주었고, 새로운 어린이문화를 만들어
널리 퍼지게 하는 뿌리가 되었다. 요즘 방정환이 펴냈던 〈어
린이〉처럼 새로운 어린이문화를 지향하는 어린이 잡지를 손
꼽으라고 하면 단연 2005년 창간해서 어려운 출판시장 여건
을 넘어서 올 3월 100호를 펴낸 〈개똥이네 놀이터〉라고 할

수 있다.

〈개똥이네 놀이터〉는 어린이들이 자연과 일과 놀이가 하나 되는 공부를 하면서 창의력과 상상력과 감수성을 키울수 있도록 생각을 넓혀주고, 부드럽고 맑고 밝은 품성을 기를 수 있도록 어린이에게 좋은 읽을거리를 주겠다는 철학을 담아내고 있다.

겨레의 희망인 어린이와 우리 겨레의 내일을 위해 더 많은 어린이와 어른이 〈개똥이네 놀이터〉를 보면 좋겠다. 이런 마음으로 보리출판사와 사단법인 아침독서와 어린이문화연대는 100호 발간을 기점으로 '개똥이네 놀이터 나누리' 운동을 시작했다. 어린이 잡지를 정기구독하기 어려운 지역아동센터나 작은 도서관에 어린이 잡지 보내기 운동이다. 많은 후원자가 참여해서 가난한 가정과 지역 어린이들이 다달이 자기 이름으로 잡지를 받아보는 기쁨을 누릴 수 있기를 바란다. 100여 년 전 어린이문화 운동가들 소망이 21세기에 다시 꽃피우기를 기대한다.

2014년 4월호

책 읽는 사회를 만드는 첫걸음

책을 읽으면 행복하다. 책을 읽는다고 무조건 삶이 행복해진다고 할 수는 없다. 그러나 역사 시대에서 책을 읽지 않는 사람보다 책을 읽는 사람이 행복해질 수 있는 기회가 훨씬 많다는 진실은 누구도 부인하지 못할 것이다. 책을 읽으면 평소 좀 더 지혜롭게 판단할 수 있고, 어려움이 닥쳤을 때 열어나갈 길을 찾을 수 있기 때문이다. 또 책을 읽을 수 있다는 것 자체만으로도 인생의 한 자락을 행복하게 보낼 수 있다. 읽기를 좋아하는 사람들 가운데 많은 사람이 가장 행복한 시간이 언제냐고 물으면, 어떤 방해도 받지 않고 독서에 빠지는 시간이라고 말한다. 평생 책을 좋은 벗으로 삼고 살아온 사람들은 책 읽는 순간을 가장 행복한 시간으로 꼽는 것이다.

책을 좋아하는 사람, 책 읽기를 즐기는 사람, 책을 읽으면 행복한 사람이 늘어나면 늘어날수록 그 사회는 한 걸음 더 행복한 사회로 나아갈 수 있는 힘이 늘어날 것이다. 따라서 어린 시절부터 책에 대한 흥미를 갖게 하고, 책을 즐겁게 읽을 수 있는 독서환경을 만들고, 누구나 평등하게 책을 손에 잡을 수 있는 사회를 만들어야 한다. 그런 의미로 볼 때 '책 읽는사회문화재단'에서 10년째 펼쳐온 북스타트 운동은 참 중요하다. 북스타트 운동은 모든 사람이 태어나는 순간부터 '책과 함께 인생을 시작하자'는 뜻을 담은 독서문화 운동이다.

북스타트 운동은 1992년 영국에서 처음 시작했다. 이 운동이 우리나라에 들어온 시기는 2000년대 초반이다. 2002년 2월 한국북스타트위원회 준비모임을 시작으로 2003년 4월 1일 서울 중랑구에서 시작했다. 아기가 태어나면 책 꾸러미를 축하 선물로 주는 것이다. 시범 기간 동안 1세 미만 영아 930명에게 책꾸러미를 선물했다. 나아가 초등학생을 대상으로 '책날개'라는 북스타트 운동과 청소년을 대상으로 하는 북스타트 운동으로 확대하고 있다.

태어나는 아기들에게 책꾸러미와 도서관 이용을 홍보하는 북스타트 운동은 아기들이 책에 대해 친밀감과 자신감을 갖게 해주고, 당연히 학습 능력 향상에도 상당한 영향을 준다. 책을 선물 받은 어린이뿐 아니라 가족 구성원의 읽기와 쓰기 능력도 향상시킨다. 부모와 아기가 함께 책을 즐기면서 보내는 시간을 마련해주기 때문이다. 나아가 어린이들이 이 세상을 살아가고 이해하는 데 아주 중요한 감성 교육의 기회를 마련해준다. 초등학교에 입학하는 어린이들에게 입학 선물로 책꾸러미와 독서 활동을 북돋워줄 수 있는 자료를 선물하는 것 역시 초등학생들이 책과 독서에 관심을 갖도록 이끌어줄 수 있다. 청소년 북스타트 운동 역시 정체성이 흔들리고 있는 청소년들 삶을 가꾸고 지키는 데 힘이 될 것이다.

이렇게 갓 태어나는 아기, 초등학교에 입학하는 어린이, 새로운 자아에 눈뜨기 시작하는 청소년들을 대상으로 하는 북스타트 운동은 우리 사회의 척박한 독서문화를 한 단계 끌어올릴 수 있는 어린이문화 운동이다. 이러한 북스타트 운동을 국가 차원에서 고민하고 관심을 기울여야 할 때다. 지금까지는 시민단체 중심으로 진행해왔지만 이 정도 확산되었으면 국가 차원에서 이어받아 발전시켜야 할 문화 사업이기 때문이다.

2014년 2월호

그림책은 세대와 언어의 벽을 넘어 함께 보는 예술

인류가 지식을 나누고 저장하는 도구로 탄생한 글자를 담아내는 그릇인 책은 끊임없이 진화하고 있다. 그 진화가 전자책과 그림책 등장으로 새로운 국면을 맞이하고 있다. 전자책으로 종이책은 몰락할 것이라고 보는 사람들이 많지만 인류 역사를 볼 때 당분간은 공존을 이어갈 것 같다. 특히 종이책 가운데서 새롭게 발전하고 있는 그림책은 다른 종이책들보다 더 오래 인류와 함께할 것 같다.

그림책은 글과 그림, 또는 그림만으로 이야기를 이끌어가는 새로운 예술로 떠오르고 있다. 그림책이 이렇게 새로운 예술, 새로운 문화매체로 떠오르는 까닭은 그림 중심이면서도 글이 갖고 있는 강력한 의미체계를 잘 담아내고 있기 때문이다. 좋은 그림책은 세 살 아이부터 여든 노인까지 모두 재미있게 볼 수 있다. 곧 전 연령대가 쉽고 즐겁게 보면서도 세상에 대한 마음을 더 깊게, 세상을 보는 눈을 더 넓게, 인류가 쌓아 온 지식을 더 쉽게 배울 수 있기 때문이다. 무엇보다 좋은 그림책은 어린이 마음을 지키고, 어린이 마음을 잃었던 어른들 동심을 회복시켜 주는 종합예술문화매체다.

우리나라 창작그림책은 1990년대 들어와 출발하였다고 볼 수 있다. 그 전에는《꽃들에게 희망을》,《잠잠이》같은 외국 그림책이 종교출판사에서 수익성과 관계없이 출판되는 정도였다. 그러다《백두산 이야기》,《까막나라에서 온 삽사리》,《강아지똥》같은 그림책이 나오면서 독자들한테 관심을 끌기 시작했고, 2000년대 전후로 세계 어느 언어권보다 빠르게 발전하였다. 독자층이 형성되면서 출판사들이 앞다투어 그림책 출판에 뛰어들었고, 역량 있는 화가들이 동화책을 비롯한 어린이를 위한 책과 그림책 작업에 적극 참여하기 시작했다.

2010년대를 넘어서면서 우리나라 창작그림책은 국경을 넘어 세계로 향하고 있다. 그림책은 글을 몰라도 누구나 볼 수 있고, 그 예술성을 느낄 수 있고, 글이 적어서 조금만 번역해도 의미 전달이 가능하기 때문에 다른 책보다 훨씬 쉽게 언어의 벽을 넘어서 독자층을 확보할 수 있기 때문이다. 최근 세계 3대 그림책 상인 라가치상에서 대상 3종과 우수상 14종을 연이어 받아 왔으며, BIB(브라티슬라바 일러스트레이션 비엔날레)에서도 그랑프리와 황금사과상, 어린이심사위원상을 연달아 받고 있으며, 2015년에는 세계 최대 어린이 책전시회라고 할 수 있는 이탈리아 볼로냐도서전에서도 총 다섯 개 분야 24권 중 6권이 상을 받았다. 2016년에는 안데르센 본선 2명에 이수지 작품이 올라갔고, 린드그렌상 후보로 권윤덕 작품이 올라간 바 있다.

이렇게 3세대가 같이 볼 수 있고, 언어의 벽을 넘어서 소통할 수 있는 그림책이 정작 국가 문화예술 정책에서는 찬밥 신세다. 예술이나 출판 어느 분야에서도 적극 지원받지 못하고 있기 때문이다. 미국의 인터넷 서점 아마존에는 그림책 분야가 독립되어 있지만 한국은 서점이나 도서관에서 따로 분류되지 못하고 있다. 도서분류 기준인 ISBN에 그림책 항목이 없기 때문이다. 따라서 문화예술위원회나 출판문화진흥원 책나눔 같은 창작 지원에서도 그림책은 독립된 예술로 대접받지 못하고 있다.

세대와 언어의 벽을 넘어서는 새로운 예술매체인 그림책 분야에서 우리나라가 세계 그림책 예술의 중심국가로 우뚝 서려면 그림책을 독립된 예술 장르로 인식하고, 국가 정책으로 적극 지원해야 한다. 우리 창작그림책이 전 세계로 나가는 새로운 한류문화가 될 수 있도록.

2016년 3월호

어린이들이 놀 권리를 찾아주어야

지난 5월 4일, 국회의원 회관에서는 전국 시도교육감협의회에서 제93회 어린이날을 맞이하여 '어린이놀이헌장'을 발표하였다. 그동안 대한민국 어린이헌장을 비롯해서 어린이와 관련한 여러 가지 헌장이나 선언이 발표되었는데, 이번 '어린이놀이헌장'은 전국 17개 시도교육감협의회에서 발표했다는 데 또 다른 의미가 있다고 본다.

유·초·중·고등학교 교육을 맡고 있는 교육감들이 어린이들이 놀 수 있는 권리를 갖고 있고, 학교 교육에서 이 권리를 어떻게 지켜줄 것인지를 고민하고, 직접 실현할 수 있는 방법을 각 시도교육청에서 적극 마련해보겠다는 의지를 선언한 것이기 때문이다.

2015년 강원도 민병희 교육감이 신년사에서 '어린이놀이헌장'을 제정해야 할 필요성을 이야기하고, 1월에 그 초안을 시도교육감협의회에 내서 공감을 얻었고, 3월 25일 국회의원회관에서 도종환 의원이 어린이문화연대, 어린이문화진흥회와 공동 주관으로 초안을 놓고 토론회를 하였다. 토론회를 거쳐 강원도교육청에서 제시한 11개 조항을 5개 항목으로 조정하고, 어린이들 의견도 듣기로 했다. 급히 4월 25일 전국 초등학생 200명이 참가한 원탁회의를 개최하였고, 원탁회의를 통해서 '어린이 놀 권리 선언'을 만들 수 있었다.

《어린이놀이헌장》 구성
어린이에게는 놀 권리가 있다./어린이는 차별 없이 놀이 지원을 받아야 한다./어린이는 놀 터와 시간을 누려야 한다./어린이는 다양한 놀이를 경험해야 한다./가정, 학교, 지역사회는 놀이에 대한 가치를 존중해야 한다.

놀이는 어린이들이 갖고 있는 권리라는 것, 모든 어린이는 차별 없이 놀 수 있도록 터와 시간과 지원을 받아야 한다는 것, 이를 위해 놀이가 갖고 있는 가치를 사회가 존중해야 한다는 내용을 담았다.

《어린이 놀 권리 선언》 구성
우리에게 놀이는 숨쉬기입니다./우리의 놀 권리가 위협받고 있습니다./우리의 놀 권리를 돌려주세요./편히

쉬고 놀 수 있는 시간을 늘려주세요./지나치게 무거운 공부 부담을 줄여주세요./우리를 믿고 존중해주세요.

200인 원탁회의 때 어린이들이 나눈 이야기를 요약하고 압축해서 정리한 것으로 5월 4일 원탁회의에 참여했던 어린이들이 직접 나와서 낭독하였다.

시도교육감협의회에서는 어린이놀이헌장을 교육 현장에서 구현하기 위한 공동대책으로 '탄력적인 교육과정 운영으로 충분한 휴식 놀이 시간 보장, 수업 전과 방과 후 시간에 놀이 시간 확보, 교내외 놀이 공간 마련, 운동장을 놀이 중심 공간으로 재구성, 교육과정에 다양한 놀이 소재와 프로그램 제공, 놀이 관련 연수 및 동아리나 연구회 적극 지원' 같은 10가지를 추진하겠다고 하였다.

1923년 제1회 어린이날 선언 이후 놀이 부문에 대해 진일보한 헌장이 발표되었고, 각 시도교육청에서 공동으로 실천 방안을 마련하겠다는 의지를 표명한 것은 정말 반가운 일이다. 그러나 이러한 의지가 서류로 끝나지 않고 실제로 실천되려면 학부모들이 이러한 방향에 대해 깊은 관심을 갖고 동참해야 하고, 나아가 지역사회를 비롯한 각 사회단체에서 적극 관심을 갖고 격려하며 동참해야 가능하다. 중앙 정부와 지방자치단체에서도 적극 동참해야 이제 막 돋아나기 시작한 어린이의 놀 권리를 진실로 존중하는 나라가 될 수 있을 것이다.

2015년 6월호

어린이연극을 함께 보는 어른

"엄마 같이 들어가."

"엄마는 약속이 있어. 연극 끝나기 전에 와 있을 테니까 누나하고 재미있게 보고 나와."

"무서우면 어떻게 해."

"무섭지 않아. 재미있대."

극장 입구에서 다섯 살 정도 되는 남자아이가 어머니 손을 잡고 같이 보자고 떼를 쓴다. 그래도 끝내 엄마는 일곱 살 정도 되는 누나하고 동생을 안내하는 분한테 맡기고는 나갔다. 요즘은 그래도 어린이연극을 어머니가 자녀들 손을 잡고 같이 보는 경우가 많이 늘었고, 아버지가 같이 오는 식구들도 자주 보인다. 아버지 혼자 두 아이들을 데리고 오는 모습도 종종 본다. 그렇지만 아직도 이렇게 어머니들이 극장까지 와서도 아이들만 들여보내느라 실랑이하기도 한다.

어린이도서연구회 문화부에서 처음 어린이연극 함께 보는 모임을 만들었던 1990년대 중후반에는 거의 대부분 어머니들이 아이들만 들여보냈다. 어린이책을 어른이 같이 봐야 하듯이 어린이연극도 어린이와 어른이 같이 보는 문화를 만들자고 시작했는데, 15년이 지난 지금도 아이들 표만 끊어서 들여보내고 어머니들은 밖에서 다른 일을 하다가 끝나면 데리고 가는 모습이 보인다. 어떤 백화점 광고를 보니 백화점에서 손님을 끌기 위해 어린이연극을 보여주고, 어머니들한테는 우아하게(?) 차 한 잔 마시는 즐거움을 맛보라고 한다.

왜 이렇게 어린이연극을 자녀들만 들여보내고 자기들은 보지 않는 어머니들이 있을까? 입장료가 아까워서? 어린이를 대상으로 만든 연극이니까 유치해서? 유치하니까 입장료도 아깝고 보는 시간도 아까워서? 어떤 경우든 어린이를 키우는 부모로서 올바른 태도가 아니다. 어린이들에게는 좋은 연극 한 편을 보는 것도 중요하지만 어머니와 함께 손잡고 마음 편하고 즐겁게 연극을 보는 게 더 중요하기 때문이다.

연극 중에 갑작스럽게 큰 소리가 나거나 날카로운 음향 때문에 어린 아이들이 놀라거나 우는 경우도 있다. 갑자기 깜깜해지면 무서워서 우는 아이들도 있다. 그러나 이런 까닭 때문에 자녀와 어머니가 같이 봐야 한다는 게 아니다. 그보다 더 중요한 것은 연극은 예술이고, 예술은 마음을 일깨우고 영혼을 흔들어주는 것이기 때문이다. 따라서 자녀와 어머니나 아버지가 같은 연극을 함께 보고 즐기는 것이 같은 마음을 형성하고, 영혼을 교감할 기회가 되기 때문이다.

만일 부모가 같이 보기에 유치하거나 조잡한 연극이라고 생각한다면 아이한테도 보여줄 필요가 없다. 왜 소중한 어린이들한테 유치하고 조잡하게 대충 만든 연극을 보여주려고 하는가? 그런 쓰레기 같은 연극을 만든 어른이나 보여주는 어른이나 똑같은 죄를 어린이들한테 짓는 것이다.

진정으로 좋은 어린이연극은 어른한테도 감흥을 준다. 미술이건 노래건 연극이건 문학이건, 어떤 예술이건 좋은 예술은 세 살부터 여든까지도 함께 느끼고 즐길 수 있다. 그런 연극이라야 어린이들한테도 보여줄 가치가 있는 것이고, 어른도 함께 즐길 수 있는 것이고, 그것이 어린이와 어른이 함께 삶을 가꾸는 길이다.

2013년 2월호

어린이를 위한 공연예술의 질을 높여야

　한류문화가 세계를 강타하고 있다. 한류문화를 논하지 않더라도 우리 나라 각 분야 공연예술이 21세기 들어서 10여 년 사이에 그 수나 질에서 상당히 성장하고 있는 모습을 피부로 느낄 수 있다. 그런데 아쉽게도 대부분 어른들을 대상으로 하는 공연예술이 그렇다는 것이고, 어린이를 대상으로 하는 각 분야 공연예술은 그에 해당하지 못하고 있다. 공연예술 자체는 늘었다고 할 수 있지만 그 수준이 너무 낮다고 걱정하는 말을 자주 듣는다. 게다가 어린이를 위한 순수 창작공연물은 10여 년 전보다 오히려 줄어들고 있다. 우리 사회 양극화 문제인 부익부빈익빈 현상이 지역이나 계층을 떠나서 어린이와 어른이라는 세대 사이에서도 심각하다는 점을 우려하지 않을 수 없다.

　어린이를 위한 공연예술 가운데 가장 쉽게 볼 수 있는 게 어린이연극이다. 어린이연극 분야만 놓고 보더라도 그 문제가 상당히 심각하다는 걸 알 수 있다. 어린이를 대상으로 하는 연극 작품들을 볼 때 순수 창작 공연예술이라고 볼 수 있는 작품은 몇 작품 되지 않았다. 대부분 2000년대 전후에 만든 것들이다. 물론 좋은 작품은 10년 아니라 30년 100년도 계속 공연해야 한다. 그런 작품이 많아진다면 반가운 일이다. 그러나 동시에 해마다 질 높은 새로운 공연예술이 창작될 수 있어야 한다.

어린이를 대상으로 하는 공연예술 문제로 가장 큰 문제는 상업화다. 물론 관객이 들어야 하고, 관객한테 표를 팔아야 하는 경제활동이기는 하다. 또 수준이 높은 공연예술로 평가를 받아 관객이 많이 몰려서 대박을 친다면 더 좋은 일이다. 그러나 작품의 예술성을 높이는 데는 관심이 없고, 싼 가격으로 얼렁뚱땅 만들어서 수익성만 높이려는 상술로만 보이는 게 문제다. 어머니 세대에 널리 알려진 서양동화나 옛날이야기나 책 이름을 따서 만들기는 했지만 실제 그 주제나 내용과는 엉뚱한 작품이 많고, 무대 장치나 소품들을 유치하게 대충대충 만들고, 호객하기 쉽게 표 값만 높게 책정해놓고 실제로 파는 값은 대폭 할인해주고, 배우들을 극단 고정 직원이 아니라 그때그때 알바 쓰듯이 쓰고 버리고…. 이런 요소들이 어린이 공연예술의 수준을 떨어뜨리는 요인으로 작용하고 있다.

어린이가 보는 공연예술은 어린이만 보는 게 아니다. 어린이만 본다고 해도 어른만 보는 작품보다 예술성을 담보하기 위해 더욱 힘을 기울여야 한다. 나아가 어린이 공연예술 작품은 부모를 비롯한 어른들이 어린이와 함께 봐야 하는 것이다. 따라서 어른들을 관객으로 설정하고 만드는 공연예술 작품보다 그 폭이 넓기 때문에 그만큼 예술성을 폭 넓게 담보해내기 위해 몇 배 더 공을 들여야 한다.

어린이 공연예술을 겉만 화려하게 꾸미고 속은 유치한 눈요깃거리로 만들지 말고, 속까지 알찬 감동을 줄 수 있도록 질적 수준을 높여야 한다. 어린이를 대상으로 하는 공연예술을 만드는 사람들은 어린 시절에 만난 공연예술이 한 사람의 삶을 바꿀 수 있다는 자긍심을 갖고, 우리 겨레 어린이들이 참된 겨레의 한 사람으로 자랄 수 있는 예술적 감수성과 정서와 가치관을 일깨워주는 예술성을 담보해내겠다는 각오로 만들어주기를 간곡하게 바란다.

2013년 3월호

제대로 된
어린이문화예술 전용 공연장 하나 없다니

중앙정부나 지방자치단체들이 경쟁을 하듯 다양한 문화예술 시설을 만들어 운영하고 있다. 문화예술 공연을 겸용할 수 있는 도민회관, 시민회관, 구민회관, 군민회관, 읍이나 면민회관은 기본이다. 여성전용회관, 노인전용회관, 장애인전용회관, 학생회관, 어린이회관을 비롯해 각양각색의 회관들을 여러 가지 이름으로 세우고 있다. 이렇게 많은 회관 가운데서 어린이문화예술공연을 위한 전용 회관은 없다.

어린이회관이라고 이름 붙은 시설조차 어린이문화예술공연과 거리가 멀다. 어린이회관은 1970년 5월 5일 서울 남산에 세운 게 처음이었다. 당시 방정환과 민족항일투쟁기 어린이 운동이 재조명을 받을 때였고, 박정희 대통령 부인 육영수 여사가 어린이회관 건립에 적극 앞장섰다. 그래서 지방자치단체로도 쉽게 확산되었다. 지금은 남산에서 능동 어린이대공원으로 옮겨간 어린이회관, 부산어린이회관, 대전어린이회관, 대구어린이회관, 전주어린이회관, 서울강동어린이회관, 서울송파어린이문화회관 정도가 있다. 그러나 그 시설이나 운영 내용을 보면 어린이문화예술공연과는 거리가 멀다.

어린이회관 대부분 어린이를 위한 문화예술공연 시설이나 활동은 아예 없거나 있어도 곁다리 정도다. 중심 활동은 주로 체험교실이나 학과 보조 학습이다. 일반 문화센터나 학원하고 다를 게 없다. 과학교실, 과학캠프, 독서치료, 요리교실, 놀이를 통한 논술교실, 초등영재 발명교실, 초등영재 과학교실, 다중지능개발센터, 지능개발센터, 해양전시관 같은 제목만 봐도 알 수 있다. 뮤지컬 공연장이나 영화 상영관이 있는 곳도 있으나 곁다리에 불과하다. 어떤 어린이회관은 예식장으로 더 널리 알려져 있기도 하다.

이런 현실 때문에 10여 년 전부터 어린이문화예술 전용 복합공간이 필요하다는 이야기가 나왔고, 어린이문화예술 운동 관련 단체에서 정부 관련 부처나 지방자치단체에 정책 제안을 해오고 있다. 최근 어린이복합문화공간이라는 이름으로 작은 공간들이 생기고 있지만 어린이문화예술공연 공간과는 거리가 먼 경우가 대부분이다. 이 역시 놀이체험이나 원화전시나 독서교실 수준에 그치고 있다.

어린이문화예술 전용 공연장이 필요한 까닭은 현재 문화예술이 너무 어른 중심으로 치우쳐 있고, 그것도 소비와 섹

스와 폭력 따위 욕망을 부추기는 문화예술이 판을 치고 있기 때문이다. 관객을 동원해서 돈만 벌면 된다는 상업주의 문화예술 물결에서 어린이를 지키려면 정말 좋은 문화예술을 선별해서 보여줄 수 있는 전용 공간이 필요하다. 어린이와 어른이 함께 삶을 가꾸는 문화예술을 고요하고 즐겁게 누릴 수 있는 전용관이 있어야 한다. 온 식구가, 모든 세대가 함께 할 수 있는, 따라서 당연히 문화예술 작품 내용이나 공간 구성이나 작은 시설 하나까지도 어린이를 고려한 전용 공연장을 만들어야 한다. 현재 어린이회관들도 일반 학원이나 문화센터 아류가 아니라 진정한 의미, 방정환과 어린이 운동가들이 추구하던 참된 어린이회관으로 거듭나야 한다.

1923년 방정환과 어린이 운동가들이 만든 제1회 어린이날 선언문에서 어린이를 위한 사회 시설을 강력하게 주장하였다. 올해가 제91회 어린이날이다. 정부와 지방자치단체들이 우리 어린이 운동의 역사와 정신을 적극 살려서 제100회 어린이날에는 어린이문화예술 전용 회관들이 서울시는 물론 전국 곳곳에 세워져 있다면 참 좋겠다.

2013년 5월호

어린이연극에 대한 정부 지원을 확대해야

어린이연극은 두 가지로 나눌 수 있다. 하나는 어른들이 어린이를 중심 대상으로 만들어 공연하는 연극이다. 또 하나는 어린이들이 직접 연극을 만들어 어린이와 어른들을 대상으로 공연하는 연극이다. 어른들이 어린이를 중심 대상으로 만들어 공연하는 연극이라고 하는 까닭은 어린이연극 관객이 어린이만 아니라 어린이와 어른을 모두 포함해야 하기 때문이다. 나는 어른만 보고 어린이는 보기 어려운 연극은 있을 수 있지만 어린이만 보고 어른은 보기 힘든 연극이 있어서는 안 된다고 생각한다.

어른만 볼 수 있고 어린이는 보기 어렵거나 관람 금지를 해야 하는 연극보다 어린이와 어른이 모두 재미있고 즐겁게 보면서 감동받을 수 있어야 하는 어린이연극을 만들기가 훨씬 어렵다. 모든 세대한테 감동을 줄 수 있어야 하니 당연히 어려운 일이고, 더 많은 재능과 투자와 정성이 필요한 연극이라고 생각해야 한다. 그런데 우리 사회 현실은 그렇지 않다. 어린이문화연대를 만들고, 연대 소모임 활동으로 어린이 공연예술과 전시나 체험행사를 2년 동안 찾아다니며 봤다. 어린이연극만 약 70편 정도를 관람했는데, 어린이연극을 만드는 일부 연출가나 배우들이 그렇게 생각하지 않는 것 같아 안타까웠다. 더 큰 문제는 정부에서도 거의 관심이 없다는 것이다.

정부에서는 문화예술 진흥을 위해서 각 분야에 대한 지원을 하고 있다. 정부 각 부처나 한국문화예술진흥원, 각 지방자치단체를 통해서 지원을 하고 있다. 그런데 어린이연극에 대한 지원은 너무 형편없다. 그 전체 규모는 물론이고 단위별 지원 금액도 차별을 두고 있다. 연극 한 편을 만들어 공연하는데, 그 관객을 어른을 중심으로 하는 연극보다 어린이를 중심으로 하는 연극에 대한 지원금이 낮다. 어린이연극 만들기가 더 어려운데도 오히려 더 낮춰서 잡는 까닭은 무엇일까? 이는 어린이를 낮춰보고, 어린이연극을 쉽게 생각하고, 예술성이 낮아도 된다고 무시하는 사회 인식 때문일 것이다. 부모라면 누구나 자기 자식한테 깨끗하고 영양가 풍부한 음식을 주고 싶을 것이다. 마찬가지다. 정부는 소중한 우리 어린이들한테 예술성이 우수한 연극을 안전하고 편안한 시설에서 즐겁게 볼 수 있도록 해주어야 한다.

어린이들한테 우수한 연극을 안전하고 편안하게 볼 수 있도록 하려면 문화예술을 지원하는 정부나 지방자치단체 기관에서는 앞으로 최소 10년 동안은 어린이연극에 대한 지원을 무엇보다 우선해야 할 것이다. 우리 역사와 문화에 기반을 두고, 미래를 열어나갈 수 있는 감성을 일깨워 줄 수 있는 어린이연극 제작과 공연과 관람문화 활성화에 과감하게 투자해야 한다. 최소한 쿼터제를 마련해서라도 어른 중심 연극과 어린이 중심 연극 지원에 대한 합당한 배분율이라도 지켜야 한다.

우수한 어린이연극 창작희곡을 선정해서 좋은 어린이연극을 제작하고 공연할 수 있도록 대폭 지원을 하고, 공연하는 어린이연극에 대한 비평을 민관 협력 체제를 갖추어 꾸준히 하도록 하고, 이런 평가를 바탕으로 우수한 어린이연극이 장기 공연을 할 수 있도록 지원해야 한다. 정부가 이런 방식으로 10년만 어린이연극을 적극 지원한다면 또 다른 한류문화까지 볼 수 있을 것이다.

2013년 4월호

아이들한테 좀 더 따스한 박물관이 되었으면

요즘 박물관에 가보면 예전과 달라진 풍경이 있다. 예전에는 많은 학생이 우르르 와서 줄을 서서 한 바퀴 죽 둘러보고 나가는 모습만 볼 수 있었다. 한 학년이나 학교 전체가 단체로 현장학습을 오는 경우다. 박물관 앞에서 줄 서서 기다리다 줄 맞춰 들어가서 돌아보고 나온다. 앞에 아이들하고 떨어지면 뒤에서 오는 아이들이 밀고, 담당 교사들이 빨리 앞줄 따라 붙으라고 야단친다. 앞 줄 따라가기 바쁘다. 박물관 가서 전시된 물건들을 보고 오는 게 아니라 앞에 가는 아이 뒤통수만 보고 왔다는 말까지 나온다. 전시된 물건은 대충 보면서 지나가니 재미가 없다. 그러니 박물관 간다고 하면 다리 아프게 뭐 하러 가느냐고 하는 아이들도 있다.

요즘은 단체로 와도 이렇게 줄 맞춰서 다니는 경우는 드물다. 삼삼오오 모둠을 짜서 정해진 시간에 자기가 보고 싶은 곳을 돌아보고 나오도록 하는 모습이 많이 늘었다. 미리 학습지를 작은 소책자로 만들어서 오는 학교도 자주 볼 수 있다. 그리고 주말이면 부모와 자녀들이 손잡고 와서 보는 모습도 많아졌다. 또 박물관 체험학습을 지도하는 민간단체나 박물관 체험학습을 지도하는 전문업체들도 많이 생겼다. 박물관에 가면 여기저기에 앉아서 아이들 몇 명을 모아 놓고 설명하거나 학습지 빈칸을 채우고 있는 모습을 볼 수 있다.

그런 모습들을 보면서 참 안쓰럽다는 생각이 들곤 한다. 박물관 안이나 복도나 바깥에 옹기옹기 모여 앉아서 쉬거나 이야기를 나눌만한 자리가 없기 때문이다. 전시 공간 사이사이에 쉴 수 있는 의자가 있는 박물관도 있지만 대부분 일자형으로 몇 명 앉아서 쉴 정도다. 또 전시 공간과 너무 붙어 있어서 아이들이 모여 앉아서 이야기를 나눌 자리가 되지 못한다.

학교에서 내준 과제를 하러 모둠을 지어 오거나 민간단체나 사설업체에서 모둠을 만들어 와서 공부하는 아이들이 편하게 쉬면서 이야기를 나눌 수 있는 자리가 필요하다.

원형이나 사각형, 혹은 'ㄷ'자 모양으로 앉을 수 있는 자리를 만들어준다면, 전시 공간과 조금 떨어진 곳이나 아이들이 편하게 모여 앉아서 이야기를 나누어도 다른 관람객들을 방해하지 않을 수 있는 자투리 공간을 잘 활용해서 만들어준다면 좋겠다. 그런 공간을 만들어주면 아이들이 박물관을 훨씬 더 친근하고 편하고 즐거운 곳으로 여기게 될 것이다. 식구들끼리 나들이처럼 편하게 올 수 있는 곳이 될 수 있을 것이다.

사실 불과 15~16년 전만 해도 도서관들이 요즘 박물관과 엇비슷했다. 책을 보러 오는 곳이 아니라 시험공부 하러 오는 곳, 딱딱하고 지루한 죽은 공간 같았다. 그런데 1990년대 말 2000년대 초부터 민간단체 중심으로 도서관 살리기 운동이 활발하게 일어났고, 도서관 관계자들이 이에 적극 동참하면서 빠르게 변했다. 편하고 따스하고 즐거운 곳으로.

이제 박물관도 바뀌어야 한다. 전시물 설명을 아이들이 알기 쉬운 말로 바꿔주어야 하고, 지식정보 전달에만 치중하지 말고 감성을 자극할 수 있는 문학적 서술을 곁들여야 한다. 그 첫걸음이 아이들이 돌아보다 편하고 따스하게 쉴 수 있는 자리, 옹기종기 모여 앉아 이야기를 나눌 수 있는 자리, 힘들면 좀 뒹굴뒹굴 누워서 쉴 수도 있는 자리를 만들어주어야 한다. 그러면 박물관이 지금보다 훨씬 더 편하고 따스하고 재미있는 곳, 아이들이 먼저 부모나 교사들한테 가자고 조르고 싶은 곳이 될 수 있을 것이다.

2013년 12월호

거듭나고 있는 서울어린이대공원

　서울 광진구 능동에 어린이대공원이 있다. 1973년 5월 5일, 제51회 어린이날에 개관해 40주년을 넘기고 있는 어린이대공원이 올해 새롭게 거듭날 예정이다. 박원순 서울시장이 어린이대공원을 중심으로 어린이문화특별구역으로 발전시킬 것을 구상하고 있기 때문이다.

　1973년 어린이대공원을 처음 세울 때는 현대 놀이기구를 즐길 수 있는 놀이터, 어린이들이 좋아하는 동물원, 어린이문학을 비롯한 어린이문화공원이라는 세 가지 면모를 갖추고 있었다. 그 때문에 방정환 어린이 운동 정신을 되살리기 위해서 대한민국어린이헌장비를 세우고, 어린이문학비도 여러 개 세웠다. 나중에는 남산에 있던 방정환 동상도 옮겨다 놓았다. 그런데 어린이문화 운동을 이끌어야 할 어린이회관이 떨어져 나가면서 결혼식이나 특별활동으로 수입만 올리려고 하지 실제로 필요한 어린이문화 운동 연구나 활동은 전혀 하지 않게 되었다. 어린이대공원도 초등학생들 중심으로 놀이기구나 타고 동물이나 구경하러 다녀가는 소풍 장소로 전락하였다. 심지어 한때는 어린이대공원이라는 이름까지 떼어내고 지역 주민을 위한 일반 공원으로 바꾸자는 주장까지 있었다. 방정환 이래 어린이문화 운동을 꾸준하게 이어오는 나라에서 참으로 부끄러운 일이라고 하지 않을 수 없다.

다행히 2013년, 40주년을 맞이하면서 어린이대공원 개념과 전망에 대한 논의를 여러 차례 했다. 그 결과 어린이대공원 주인은 어린이고, 어린이를 위한 공원으로, 어린이문화를 담아내는 공원으로 나아간다는 전망을 세우게 되었다. 그 과정에 어린이들도 적극 참여했다. 어린이대공원 어린이위원들은 이름만 걸어놓는 위원이 아니라 실제로 참여하는 위원이다. 희망하는 어린이들이 자유롭게 신청하고, 스스로 대표를 뽑아서 어린이대공원 명예원장을 맡고, 정기적인 방문과 관찰과 토론을 통해서 의견을 내고, 그렇게 어린이들이 낸 의견을 공원에서 적극 받아서 실행하는 아름다운 모습을 보여주었다. 어린이 건강을 위해서 나무에 농약을 뿌리지 않고, 빈터에 농사를 짓고, 숲속유치원과 숲속도서관을 만들었고, 동요·동시·동화 작가들과 만나는 자리를 만들고, 다양한 어린이문화예술 단체들이 공원에서 활동하도록 적극 유치하였다.

　나아가 2014년에는 서울시 아동청소년과에서 어린이대공원을 어린이문화공원으로 더욱 발전시키기 위한 예산을 5억 원이나 마련했다. 다양한 어린이문화예술 기획사업, 어린이대공원 주변 인프라 구축사업, 어린이대공원을 중심으로 어린이문화특구를 만들기 위한 컨설팅 사업을 공모해서 진행하고 있다. 따라서 2014년에는 어린이대공원이 단순히 동식물 구경하고 소풍 와서 놀이기구나 타다가 가는 공원에서 한 단계 더 거듭나고 있다. 다양하고 수준 높은 어린이문화예술을 자주 만날 수 있고, 어린이들이 가족과 함께 스스로 문화예술 창조활동에 참여하고, 새를 비롯한 동식물 체험활동에 참여할 수 있는 기회가 훨씬 많아질 것이다.

　서울어린이대공원의 이러한 거듭남을 바탕으로 서울 중심에 있는 세종문화회관, 경희궁, 사직공원, 덕수궁, 시청 광장, 광화문 광장, 경복궁을 어린이문화 벨트 지역으로 지정해서 '어린이와 어른이 함께 행복하게 즐길 수 있는 어린이문화특별구역'을 만들어나가는 출발점이 되기를 기대한다.

2014년 3월호

어린이들이 좋아하는 동화마을

동화《무민마을 이야기》시리즈로 널리 알려진 토베 얀손이 태어난 지 100주년이 되는 해이기도 해서 북유럽 동화마을 여행을 다녀왔다.

핀란드 헬싱키에서 기차로 두 시간 정도 거리에 있는 무민 동화마을은 아름다운 항구를 감싸고 있는 푸른 섬에 있었다. 평일인데도 바다를 건너는 다리 입구부터 많은 아이가 부모 손을 잡고 다리를 건너갔다. 무민 이야기를 연극으로 공연하는 상설 공연장이 있고, 동화에 나오는 집과 소품들을 그대로 만들어놓았다. 자연친화적으로 만든 길을 따라가다 보면 동화에 나오는 시설들을 안성맞춤으로 만들어놓았고, 등장인물로 분장한 사람들이 여기저기서 아이들과 어울려 놀아주었다.

스웨덴 스톡홀름에서 기차를 타고 세 시간을 가면 린드그렌 역이라는 시골 역이 있다. 우리나라 김유정 역처럼 아스트리드 린드그렌 이름을 따서 붙였다. 2분 정도 더 가면 원래 역이 있는데도 특별히 만든 역이다. 린드그렌 동화에 나오는 건물들을 아이들만 들어갈 수 있는 작은 집으로 지어놓았고, 그 속에 들어가서 놀았다. 산성처럼 만든《산적의 딸 로냐》전용 극장,《말괄량이 삐삐》노래극 전용 극장이 있고, 동화 속에 나오는 동물들이 사는 농장이 있었다.

린드그렌 동화마을에서 9km 떨어진 골짜기에는 닐스 홀게르손 월드가 있다. 셀마 라게를뢰프가 쓴《닐스의 신기한 모험》을 그대로 재현해놓은 동화마을이다. 셀마는 이 동화로 1909년 노벨문학상을 받았고, 지금도 스웨덴 20크로네 화폐에 사진이 올라 있는 동화작가다. 초등학교 저학년 어린이들한테 스웨덴 지리와 역사와 문화를 재미있게 가르치기 위해 스웨덴 국립교육자협의회가 셀마에게 특별히 부탁했다고 한다. 닐스 동화 마을은 원작동화에 나오는 대로 스웨덴 각 지역 모습을 아이들이 들어가 놀 수 있도록 축소해서 만들어놓았고, 자는 곳까지 만들어놓았다.

덴마크에는 너무나 잘 알려진 동화작가 한스 크리스티안 안데르센이 있다. 코펜하겐에 있는 인어 동상은 전 세계 관광객들이 들렀다 가는 곳이다. 코펜하겐에서 한 시간 반 정도 가면 안데르센이 태어난 오덴세가 있고, 오덴세에 안데르센 생가와 박물관을 만들어놓았다. 박물관 앞뜰에서는 안데르센 각 동화에 나오는 등장인물들이 함께하는 노래극 공연장이 있고, 관광객들이 가득 앉아서 즐기고 있었다. 박물관 옆에는 동화에 나오는 장소에 따라 알맞은 의상을 갖춰놓고 아이들이 연극놀이를 할 수 있는 안데르센 동화 체험장이 있었다.

동화마을은 아이들한테 어려서부터 즐겨 읽은 동화를 현실에서 다시 만날 수 있는 곳이다. 시끄러운 기계소리가 아니라 자연 속에서 오직 책에 나오는 건물과 소품과 등장인물과 놀 수 있는 곳이다. 우리 어린이문학사 100년을 돌아보면, 우리 겨레 어린이들한테 감동을 주는 좋은 창작동화들이 자리를 잡아가고 있다. 권정생 동화 《강아지똥》과 《몽실 언니》나 김중미가 쓴 《괭이부리말 아이들》은 이미 100만 부가 넘었고, 황선미 동화 《마당을 나온 암탉》은 애니메이션으로도 호평을 받고 있다. 방정환의 《칠칠단의 비밀》이나 이원수 동화 《숲속 나라》도 세대를 넘어 꾸준히 사랑받고 있다. 국가와 지방자치단체에서 이런 동화를 바탕으로 북유럽처럼 동화마을을 만든다면 우리 아이들이 동화 세계를 훨씬 더 즐겁게 체험할 수 있고, 독서의 길로 들어설 것이다. 나아가 우리 어린이문학 작가들을 세계적인 작가로 밀어 올려주는 일에도 한몫 할 수 있을 것이다.

2014년 9월호

학생 자치권을 살려야 한다

　학생회는 초등학교, 중학교, 고등학교까지 다 있다. 초·중·고등학교에 학생회를 두는 까닭은 어려서부터 민주주의 선거제도를 체험하고, 스스로 자기들이 할 수 있는 일을 주체가 되어서 할 수 있는 경험을 갖도록 하기 위함이다. 더 적극적인 관점에서 말한다면 실제로 아이들이 학교에서부터 자치활동을 할 수 있도록 하기 위함이라고 할 수 있다. 학생회는 그 나라가 실제로 민주주의를 잘 실천하고 있는지, 아니면 반민주 사회인지를 가늠할 수 있는 지표가 된다. 초·중·고 학생회가 얼마나 민주주의 원칙에 맞게 학생회를 구성하는 대표를 선출하는지, 그렇게 선출된 학생들로 구성된 학생회가 얼마나 자치적으로 운영되고 있는지, 학생회 의견이 학교와 지역사회에 얼마나 반영되는지를 보면 민주주의 사회인지, 아니면 반민주 사회인지 알 수 있다.

　그런 지표로 본다면 우리나라 학생회는 얼마나 자립·자치

·자존하고 있을까? 한마디로 어처구니가 없는 학생회다. 자립이라는 말은 그 개념도 없다. 자치라는 말 역시 허울뿐이다. 이런 형편이니 학생회의 존재감 역시 아예 그 개념조차 없을 수밖에 없다. 학생회 하나만을 놓고 본다면 우리나라는 민주주의 국가라고 할 수 없다. 학생회가 계속 이렇게 어용 단체로 죽어 있는다면 앞으로 민주국가로 발전할 가망성조차 기대하기 어렵다.

학교에서 학생 자치권이 확립되기 위해서는 학생회 구성부터가 민주 절차에 충실해야 한다. 초등학교 어린이회장, 중고등학교 학생회장을 선출할 때부터 학생들이 스스로 선거관리위원회를 구성하고, 그 선거관리위원회에서 만든 원칙에 따라 후보를 등록하고, 선거운동을 하고, 직선제로 선출해야 한다. 학생회 직선제는 1970년대 초까지 많은 학교에서 실천되었다. 그러다 정부가 학생회를 강제로 해산하고 학도호국단으로 재편하면서 임명제가 되었다. 1987년 6월 민주화 운동과 함께 상당수 초·중·고등학교에서 다시 학생회 회장을 직선제로 선출하였다. 그러나 대부분 학교에서 학생회 운영까지 자립하지는 못했다. 그러다 보니 21세기라는 요즘도 대부분 학교에서 임명제나 간선제가 유지되었고, 직선제라고 하더라도 형식일 뿐 실재하는 존재감이 없다.

학생회 존재의미가 없다는 건 학생회 의결이 형식으로 전락했음을 말한다. 학급 학생회나 학교 전체 학생회에서 어떤 논의를 하거나 결정을 하더라도 학급이나 학교 운영과는 무관하다. 곧 학교 운영에 어떤 영향도 주지 못한다. 학교에서 요구하는 학생 생활지도나 불우이웃돕기 성금이나 국군위문품 걷는 것 정도만 시키는 대로 할 뿐이다. 이런 건 자치라고 할 수 없다. 어려서부터 자치라는 이름으로 어용을 내면화시키는 죄를 짓는 일이다.

학생 자치권을 위해서는 학생회가 학생회운영비를 스스로 예산 편성해서 쓸 수 있어야 하고, 학생회에서 의결하는 안건을 학교 운영과 교육에 반영시켜야 한다. 1988년 부산의 어떤 고등학교 직선제 학생회에서는 천만 원이 넘는 학생회운영비를 받아서 스스로 예산 편성해서 썼다고 한다. 각 동아리 활동이나 학생회 주관 예술제를 비롯한 다양한 활동을 스스로 기획하고 준비해서 진행했다고 한다. 요즘 혁신학교가 주목을 많이 받고 있는데, 혁신학교가 가장 중요하게 생각해야 할 일이 학생 자치권 회복이다. 학생 자치권이 없는 학교는 혁신학교라도 이름만 혁신학교일 뿐이다. 우리 교육을 살리려면 학생회부터 자립·자치·자존감을 되살릴 수 있도록 해야 한다.

2014년 11월호

아이들한테 헌법을 가르쳐야

요즘 몇몇 중고등학생 동아리에서 '헌법 읽기' 모임을 한다는 소식을 들었다. 반가운 일이다. 어린이를 위한 법 이야기를 쉽게 풀어 쓴 책이나 유엔 어린이권리선언을 어린이 눈높이에 맞게 해설하는 책도 나오고 있다. 비록 작은 시작에 불과하지만 참 좋은 일이라고 생각한다. 우리 대한민국은 헌법으로 운영하는 법치주의 국가이기에 당연히 어려서부터 헌법을 가르치고 배워야 하는데, 오히려 헌법을 무시하고 멀리하는 걸 부추기고 강요하는 문화에 오염되어 있기 때문이다.

우리 사회가 법을 멀리하는 문화라는 걸 한마디로 보여주는 게 '법 없이도 살 수 있는 사람이다'라는 말이다. 이 말은 아주 착한 사람을 가리키는 관용구다. 그런데 한 번만 더 되짚어보면 법이 없는 사회는 무법자가 활개 칠 수 있는 '무법 사회'다. 곧 강자가 약자를 잡아먹는 사회다. 따라서

'법 없이도 살 수 있는 사람'이란 착한 사람이 아니라 나쁜 사람을 가리키는 말이 되어야 한다. 그럼에도 이런 논리에 맞지 않는 말이 관용구로 자리 잡은 까닭은 그동안 우리 역사에서 법을 악용해서 자기 이익을 취하는 나쁜 사람들이 많고, 법을 악용해서 착하고 약한 사람들을 괴롭히는 경우가 많았기 때문이다. 조선 후기 시대 부패한 관리들이 그랬고, 일제식민지 정책이 그랬고, 해방 뒤 오랫동안 독재 정권역시 국민을 억압할 때 법을 악용했다. 이번에 대법에서 무죄 판결된 강기훈 사건만 봐도 그렇다. 24년 만에 무죄 판결을 받았는데도 그 재판에 참여했던 경찰이나 검사나 판사 가운데 그에 알맞은 벌을 받기는커녕 사과하는 말 한마디하는 사람이 없다. 미국 영주권을 갖고 있는 두 자녀의 아버지가 대한민국 서울시 교육감 후보로 나왔는데, 미국 영주권 소지 여부를 밝히라는 기자회견을 했다고 열심히 일하고 있는 교육감을 허위사실 유포죄로 얽어매서 재판하는 나라다. 선거법을 헌법 정신에 맞게 운용하는 국가라면 있을 수 없는 일이다.

우리나라가 참된 법치국가가 되려면 헌법 정신에 맞게 법을 지키는 사회로 만들어야 한다. 대한민국에서 가장 중요한 기본이 되는 법이 헌법이다. 따라서 모든 국민은 헌법을 분명하게 알고, 그 헌법 정신에 맞게 살아야 한다. 다른 법은 헌법에 귀속되기 때문이다. 따라서 모든 국민이 헌법을 제대로 알도록 가르치는 일은 국가에서 앞장서 해야 할 일이다. 그런데 그동안 역사를 돌아보면 국가는 국민한테 헌법을 제대로 가르치지 않았다. 모든 국민이 의무로 받아야 하는 의무교육 기간은 물론이고, 고등학교나 대학에서도 전체 학생들을 대상으로 헌법을 가르치지 않았다. 헌법을 한 번 읽어보기조차 제대로 하지 않는다.

우리나라가 법으로 움직이는 나라가 되려면 모든 국민이 헌법을 필수로 읽어야 한다. 헌법 책을 집에 한 권씩 두고 필요할 때마다 읽어보고 그 정신을 생각하는 문화를 만들어야 한다. 국가는 초·중·고 각 단계에 맞게 헌법을 꾸준하게 가르쳐야 하고, 아이들이 충분하게 배울 수 있는 기회를 주어야 한다. 그래서 우리 아이들이 자라서 어른이 되었을 때는 헌법에 맞게 사는 사람이 착한 사람이고 정직한 사람이고 바른 사람이라는 사회의식이 당연한 문화가 되어야 한다. 착하고 약한 사람을 보호하는 것이 법이라는 걸 몸으로 느낄 수 있는 대한민국을 만들어야 한다. 그게 우리 아이들이 행복하고 안전하게 살 수 있는 나라를 만드는 길이다.

2015년 7월호

헌법이 예술과 만나게 하자

3월 1일 국회 의원회관 강당에서 '우리헌법읽기국민운동'을 시작하는 선언식이 있었다. 온 국민이 헌법을 읽고 알고 실천하는 나라가 되기를 희망하는 시민들이 스스로 시작한 일이다. 그 첫 사업으로 대한민국 헌법을 한글로 옮긴 〈손바닥헌법책1〉 나누기를 하였다. 헌법을 한글로 옮겼다는 말이 이상하다고 생각할 사람들이 있을 것 같다. 우리나라 헌법이니 당연히 한글일 거라고 생각할 수 있기 때문이다. 실제 헌법은 국한문 혼용체였고, 조항 대부분은 한문이고, 한글은 토씨 정도였다. 《우리말로 살려 놓은 민주주의 헌법》(이오덕. 고인돌)을 보면 국한문 혼용체 헌법과 한글로만 쓴 헌법을 같이 실어 놓았는데, 이를 견주어보면 그 차이를 한눈에 알 수 있다.

초등학교 어린이부터 늙은이까지 모두 읽기 쉽게 한글 헌법을 넣어서 만든 〈손바닥헌법책1〉은 한 권에 후원금 500원씩 받고 나눠주기를 하고 있는데, 첫 날 1만 부 주문이 끝났다. 보통 한 사람이 열 부나 스무 부씩 보내달라고 해서 모임에서 함께 읽거나 주변 사람들한테 선물하거나 개인 소장을 하고 싶어서라고 했다. 2주 사이에 3만 부가 넘어서고 있다. 헌법을 읽어야 한다는 취지에 공감하는 국민들이 이렇게 많다는 게 놀랍다. 헌법은 너무 어렵고 멀리 있다고 느꼈는데 '손바닥헌법책'이라고 하니 쉽고 가까운 느낌이 들었기 때문이기도 할 것이다.

민주주의는 머리로 이해하거나 지식으로 외운다고 되는 게 아니다. 생활 속에서 자주 쉽고 즐겁게 경험하면서 몸으로 깨달아 익혀야 한다. 헌법은 민주주의 기본 정신과 방향을 정해놓은 것이다. 따라서 대한민국이 헌법 정신과 방향에 맞는 민주주의 국가로 나아가려면 헌법을 지식으로 외우는 게 아니라 몸으로 느끼고 깨닫게 해야 한다. 그 길 가운데 하나가 헌법 조항을 예술로 만나게 하는 방법이다.

'헌법 제1조'(윤민석)라는 노래가 있다. '헌법 제1조 ① 대한민국은 민주공화국이다. ② 대한민국의 주권은 국민에게 있고, 모든 권력은 국민으로부터 나온다'로 만든 노래다. 그 가사를 보면 '대한민국은 민주공화국이다. 대한민국은 민주공화국이다. 대한민국의 모든 권력은 국민으로부터 나온다'를 되풀이하며 부르고 있다. 단순하면서도 어린이들도 힘차고 즐겁게 부를 수 있는 노래다. 이 노래 때문에 우리나라에 헌법이 있다는 것을 새삼 깨닫게 된 사람도 많을 거라고 본다. 이 노래 때문에 최소한 헌법 제1조를 알게 된 사람들도 많을 것이다.

이제는 더 많은 헌법 조항이 예술과 만났으면 한다. 예술은 몸으로 느끼게 하고, 영혼을 흔들어 깨우기 때문이다. 더 많은 헌법 조문이 노래로 만들어져서 온 국민이 부를 수 있게 되고, 시로 써서 읽을 수 있고, 춤으로 만날 수 있고, 그림으로 느낄 수 있고, 만화책이나 연극이나 뮤지컬이나 영화와 만났으면 한다. 이렇게 헌법이 다양한 예술과 만나 온 국민이 헌법과 놀았으면 좋겠다. 책 속에 묻혀 있는 죽은 헌법이 아니라 어린이와 젊은이와 늙은이 모두가 생활 속에서 즐겁게 느낄 수 있는 살아 있는 몸짓과 말과 글로 다시 태어나면 좋겠다. 헌법이 백성들 생활 속에서 함께 살아가는 참된 생명을 가지게 되기를 꿈꾸어 본다.

2016년 4월호

남북 어린이가 함께 불러야 할 동요

어느 텔레비전 예능 꼭지에서 출연자들이 동요를 불렀다. 어린 시절 동요대회에 나가서 부르던 흉내를 내면서 웃음이 이어졌다. 두 손을 모으고, 두 다리를 모으고, 무릎을 살짝 살짝 굽혔다 펴고, 고개를 갸웃거리고, 생긋생긋 웃으면서 부르는 모습이다. '고향의 봄', '반달', '노을', '아기염소' 같은 노래들로 이어가는데 갑자기 색다른 노래가 들렸다. 다른 출연자들이 "그건 아니지!"라면서 웃었다. 그래도 어린 여자 아이돌 가수는 "아니야, 이 노래도 많이 불렀어"라면서 '전우가'(현인)를 빵긋빵긋 해맑게 웃으며 부르며 즐긴다.

> 전우의 시체를 넘고 넘어 앞으로 앞으로
> 낙동강아 잘 있거라 우리는 전진한다.
> 원한이야 피에 맺힌 적군을 무찌르고서
> 꽃잎처럼 떨어져간 전우야 잘 자라.

내가 초등학교 다니던 1960년대, 학교 운동장이나 동네 골목에서 여자 아이들이 고무줄놀이를 하면서 많이 불렀다. 남자 아이들도 어깨동무를 하고 돌아다니면서 목청껏 불러 제꼈다. 지옥 같은 내용을 밝고 맑게 웃으며 부르는 아이들, 이런 괴기스런 모습은 전쟁이 남긴 상처다. 그런데 이렇게 오랜 시간이 지난 요즘, 저렇게 젊은 아이돌 가수들도 '전우가'를 즐겁게 부르면서 자라고 있다.

다시 6·25 전쟁을 돌아보는 6월이다. 해마다 이 날이 되면 언론에서 그 참상을 보여준다. 우리가 이런 참혹한 전쟁을 다시 하지 않으려면 그 기억을 잊어서는 안 된다. 그러나 어떨 때 보면 그 참상을 다시 되풀이해서는 안 된다는 관점보다 상대편에 대한 혐오와 증오감만 부추기는 것 같은 내용 일색이라 걱정될 때가 있다. 역사를 기억할 때 그 기억이 혐오나 증오를 부추기게 되면 오히려 그다음 더 큰 전쟁으로 이어진다. 이런 혐오와 증오가 되풀이되어 일어나는 참극은 역사를 통해서 얼마든지 확인할 수 있다. 지구촌에서 집단 학살이 끊어지지 않는 까닭이기도 하다. 6·25 전쟁과 같은 참극을 다시 겪지 않으려면 이 날을 혐오와 증오를 부추기는 전쟁을 기념하는 날이 아니라 전쟁에 대한 반성과 화해를 이끌어내는 평화를 찾는 날로 바꾸어야 한다.

우리나라 한가운데

가시 울타리로 갈라 놓았어요.

어떻게 하면 통일이 되니?

가시 울타리 이쪽 저쪽 총 멘 사람이

총을 놓으면 되지.

   권정생 동시를 고승하가 작곡해서 아름나라 아이들과 전국을 다니면서 부르는 동요다. 이번 6·25 날에는 이런 동요를 더 많은 곳에서 더 많은 사람이 부르고 들었으면 좋겠다. 텔레비전과 라디오에서도 자주 나올 수 있는 세상이 되면 좋겠다. 그래서 언젠가는 우리 겨레 남북 어린이들이 시체를 넘고 넘어가 아니라 서로 총을 놓자는 노래를 함께 손잡고 방긋방긋 웃으면서 부를 수 있는 세상을 만들어야 한다.

2016년 6월호

3부

어른들이 바뀌어야 한다

불법 체류자 자녀들도 우리 아이들입니다

불법 체류자란 우리나라에 살고 있는 다른 나라 사람들 가운데서 법에 따라 등록하지 않은 사람들, 곧 미등록 체류자를 말한다. 현재 우리나라에는 약 200만 명이 와서 살고 있는데, 그 가운데 20만 명 정도가 미등록 체류자라고 한다. 10명 가운데 1명은 미등록 체류자인 셈이다. 이 사람들 자녀가 약 2만 명이 된다고 하니 결코 적은 수가 아니다. 현 추세로 보면 앞으로 더 많은 미등록 체류자 아이가 태어날 게 분명하다. 그런데 이 아이들은 부모가 미등록 체류자이기 때문에 아무런 서류도 없는, 유령과 같은 존재로 방치되고 있다.

이 아이들은 부모가 미등록 체류자라고 하여 출생 등록도 안 되고, 의료보험도 안 되고, 어린이집이나 유치원에 가려고 해도 국가 지원을 못 받으니 많은 돈을 내야 하는데, 가정형편이 어려우니 어렵다. 국제연합(UN) 어린이 권리 국제 협약에 따라 초중등 학교는 다닐 수 있으나 학력이 인정이 안 돼서 국내외 대학을 갈 수가 없다. 지난해 이자스민 (새누리당) 국회의원이 이런 아이들을 위해서 '이주아동 권리보장 기본법(안)'을 발의했는데, 다수 누리꾼들이 반발하면서 반대하였다.

이렇게 대한민국 영토 안에 엄연히 살고 있는 아이들을 부모가 미등록 체류자라고 해서 그 자녀인 아이들까지 미등록 체류자로 만들고, 대한민국 아이들이 받고 있는 권리와 동등한 권리를 누리지 못 하도록 하는 건 법을 위반하는 일이다. 우리나라는 국회 비준을 거쳐서 국제연합 어린이 권리 국제 협약국으로 가입하였다. 그건 곧 국내법과 같은 효력을 가지고 있다고 봐야 하는데, 그 협약의 기본 정신이 제2조 1항 '이 협약을 한 나라는 자기 나라의 관할권 안에서 아이 또는 그 부모나 법에서 정한 후견인의 인종·피부색·성별·말·종교, 정치나 그 밖의 의견, 민족·인종·사회의 출신, 재산·무능력, 출생이나 그 밖의 신분에 관계없이, 그리고 어떠한 종류의 차별도 하지 않도록 아이마다 보장해야 한다'고 규정되어 있기 때문이다.

반대하는 누리꾼들은 "왜 우리가 낸 세금으로 불법 체류자들까지 먹여 살려야 하느냐?"고 하는데, 이는 이 세상 모든 아이는 우리 인류 공동의 아이라는 생각이 없기 때문이다. 우리 조상들은 한 마을에 아기를 가진 임산부가 있으면 온 마을 사람들이 그 아기가 잘 태어날 수 있도록 도와주었다. 임산부 집이 가난하면 굶주리지 않도록 마을 사람들이 먹을거리를 나누어주었고, 아기를 낳다가 산모가 죽으면 같은 마을에 젖을 먹이는 어머니들이 돌아가면서 젖을 먹여서 키웠고, 마을에서 아기 젖을 구하지 못하면 이웃 마을로 다니며 동냥젖을 먹여서라도 키웠다. 늑대나 원숭이나 들쥐 같은 짐승들도 자기네 관할권에 들어온 새끼들은 같이 돌봐준다. 그런데 하물며 사람들이 대한민국 관할권에 들어와 있는 아이들을 방치하고 내몰려고 하는 건 절대로 사람이 해서는 안 될 짓이다.

가난하면 가난한 대로, 어려우면 어려운 대로, 아이들을 함께 키우던 우리 겨레의 좋은 전통을 이어가야 한다. 부모가 불법 체류자건 아니건 우리 땅에서 우리와 함께 살고 있는 아이들을 유령으로 만들어서는 안 되며, 우리 아이들과 동등한 자유와 권리를 누리면 살 수 있도록 해주어야 한다. 이 세상은 '내 아이만 나 혼자 잘 키운다고 되는 게 아니라 우리 아이들 모두를 우리가 함께 잘 키워야만 다 함께 행복한 삶을 살 수 있다'는 걸 잊어서는 안 되겠다.

2015년 9월호

아이들 행복감 차이가 걱정된다

국제 어린이 단체인 세이브더칠드런과 서울대 사회복지연구소에서 2012년부터 해마다 '한국 아동의 삶의 질 종합연구'를 발표하고 있다. 올 8월에도 초중학생 8,000여 명을 대상으로 여덟 개 항목(주관적 행복감, 건강, 인간관계, 물질적 상황, 위험과 안전, 교육, 주거 환경, 바람직한 인성)을 조사한 결과를 발표하였다. 그 연구 결과를 보면 우리나라 아이들 행복감이 상당히 낮은 데다 계층과 지역에 따른 차이가 너무 커서 우리나라와 겨레의 앞날이 걱정된다.

한국 아이들이 느끼는 주관적 행복감이 함께 조사한 세계 12개국 가운데 가장 낮다. 12개국은 루마니아, 콜롬비아, 노르웨이, 이스라엘, 네팔, 알제리, 터키, 스페인, 에티오피아, 남아프리카공화국, 독일, 한국이다. 네팔이나 에티오피아보다도 행복하다고 느끼지 못하는 삶을 살고 있는 셈이다. 경제 형편으로만 보면 2~3위 안에 들어야 마땅한데 그렇지 못

하다. 그래도 주관적 행복감이 10점 만점에 7.87(2013) →
7.93(2014) → 8.05(2015)로 해마다 조금씩 올라가고 있다.
아주 미세하기는 하지만 꾸준히 올라가는 추세라 다행이다.
혁신학교 아이들 행복감이 높아지는 것에서 알 수 있듯이
교육 현장의 변화가 조금씩이라도 효과를 나타내고 있는 게
아닌가 싶다.

우리보다 경제력이 훨씬 낮은 나라 아이들보다도 행복감
이 떨어지는 까닭은 무엇일까? '자유시간이 없다'는 것이다.
자유시간이 없는 것은 무한 경쟁으로 내몰고 있는 교육 환
경 때문이다. 아이들이 학교와 학원에서 공부만 해야 하고,
가족이나 친구들과 마음 터놓고 함께할 시간이 적으니 주관
적 행복감이 낮을 수밖에 없다. 주관적 행복감이 낮을수록
자기 정체성이 불안하고 무기력해지고 타인에 대한 배려심이
줄어든다. 이런 상황에서 인성교육을 한다고 한들 그 효과가
제대로 날 수 없다. 오히려 역효과를 내기 쉬울 뿐이다.

국내에서도 지역에 따라 차이가 크다. 대도시 지역보다
농어촌 지역 아이들이 더 불행하다고 느낀다. 농어촌 어린
이들이 대도시 어린이들보다 주관적 행복감이 낮은 까닭이
'좋은 학원이 없다, 여가 시간을 보낼 시설이 부족하다' 같
은 것들이다. 아이들도 도시의 물질 중심 문화에 너무 많이
지배당하고 있기 때문이다. 농어촌 지역 아이들 삶이 자연

과 격리되어 있고, 지역 공동체 사회마저 그 기능을 상실하고 있기 때문이다. 노는 것만 해도 그렇다. 농어촌 지역 아이들이라고 자연 속에서 뛰어놀 수 있는 게 아니라 학원에 다녀야 하고 게임이나 노래방을 비롯한 도시 방식에 지배당하고 있다. 놀이터도 자연 속에서 만들어진 개울이나 들판이나 앞산이나 뒷산이 아니다. 비싼 입장료를 내고 들어가야 하는 인공 놀이터에 길들여지고 있는 것이다.

헌법 10조에 '모든 국민은 행복을 추구할 권리'를 가진다고 규정해놓았다. 아이들도 국민이니 당연히 행복을 추구할 권리를 갖고 있고, 국가는 이를 보장할 의무가 있다. 우선 아이들이 태어난 계층이나 지역에 따라 출발부터 불평등한 삶이 되지 않도록 노력해야 한다. 사회 계층과 지역 불균형을 해소하기 위해 지방자치단체 재정자립도 격차를 줄이고, 아동복지예산을 늘려야 한다. 또 혁신교육을 확산시켜 자리 잡게 하고, 경쟁 중심 교육을 공동체교육 중심으로 전환시켜야 한다. 나아가 마을 교육공동체가 복원되어야 한다. '내 아이'에서 '우리 아이들'이라는 의식이 회복되어야 한다. 한 마을 전체가, 한 지역 전체가, 한 나라 전체가 '우리 아이들'이 행복한 삶을 살 수 있도록 함께 책임지고 함께 누릴 수 있도록 국가 차원에서 대 혁신을 해야만 한다.

2016년 9월호

아이들 밥을 줬다 뺏는 못난 어른들

　언제부터인가 노인은 넘치는데 어른은 없다는 말이 떠돈다. 어른이라는 말은 크게 세 가지 뜻으로 쓴다. 첫째는 자기 행동에 책임을 지고 살아갈 수 있는 나이가 된 사람이다. 둘째는 나이나 지위가 높으면서 존경을 받을 만한 사람이다. 셋째는 다른 사람 부모를 높여서 부르는 말로 쓴다. 나는 여기에 한 가지 더 곁들이고 싶다. 곧 나이가 들어 얼이 제대로 꼴을 갖춘 사람, 사람다운 얼이 뿌리를 내리고 튼튼하게 자라서 한 여름 무더위에 사람들이 시원하게 쉴 수 있는 그늘을 만들어주는 큰 느티나무 같은 사람이 아닐까 생각한다.

　사람이 나이가 들면 이렇게 얼이 꼴을 갖춘 어른이 되어야 한다. 나이 60이 되어도, 80이 되어도 사람다운 얼이 제대로 꼴을 갖추지 못하면 그냥 생물학적인 노인이 될 뿐이지 어른이라고 할 수 없다. 우리 주변을 잘 살펴보면 그래도 아직 어른다운 노인들을 찾아볼 수 있기는 하지만 자꾸 어른답지 못한 노인들이 늘어나서 걱정이다. 그런 노인들을 못난 어른이라고 할 수 있다. 얼마 전 의무급식 지원을 폐지한 경상남도 도지사가 요즘 못난 어른을 대표하는 게 아닐까 싶다. 그 까닭을 짚어보자.

우리나라 법은 현재 중학교까지를 의무교육으로 규정하고 있다. 곧 중학교까지는 누구나 교육을 받아야 하고, 국가는 어린이들이 누구나 중학교까지 교육을 받을 수 있도록 해야 할 의무가 있다. 아이들이 몸과 마음 편하게 공부할 수 있도록 따스한 점심 한 끼 잘 주는 것도 의무교육 사항 가운데 하나다. 곧 의무급식이다. 2014년 6·4 교육감 선거 이후 전국 공립초등학교에서 어린이들이 점심을 마음 편하게 먹을 수 있도록 주기로 했다. 강원도 같은 곳은 고등학교까지 확대하고 있다. 그런데 뜬금없이 경상남도(홍준표 지사)에서 의무급식을 취소했다.

홍준표 지사는 취임사에서도 "무상급식이나 노인 틀니 사업 같은 복지예산이 삭감되는 일은 다시는 없도록" 하겠다고 발표했고, 지난해 2월에는 경남교육청과 '학교무상급식 지원 합의서'까지 만들었다. 그런데 뜬금없이 학교는 공부하는 곳이지 밥 먹는 곳이 아니라면서 의무급식을 취소하였다. 이에 대한 경상남도 초등학교에 근무하는 한 교사가 쓴 아래 글을 읽으면서 차별 급식에 마음 졸여야 할 어린이들 모습이 떠올라 서글펐다.

> 의무급식을 하기 전 풍경을 잠깐 떠올려보면 저소득층 부모들이 증명서 떼서 학교 행정실로 겸연쩍게 들어가는 모습도 참 보기 민망했지만 문제는 아이들이었다. 우리 반에 급식비 못 냈다고 통지서 날아드는 것만 한 달 평균 대여섯 개. 그걸 받아야 하는 아이들은 고개 푹 숙이고 있고, 옆에 있는 아이들이 '급식비 안 낸 애들이다'며 수군거리는 소리를 들으며 건네주어야 했다. 통지서 받아든 아이들이 급식소에 밥 먹으러 간다고 줄 설 때 마음이 얼마나 불편했을까. 이제 조례안 통과로 4월부터 또 이런 풍경이 반복될 거라고 생각하니….
>
> _이정호, 글쓰기회 4월 회보 머리글

옛날부터 가장 고약한 사람 가운데 하나가 아이들 갖고 장난치는 사람이다. 장난감이나 먹을 것을 주었다 뺏었다 하는 짓궂은 어른들이다. 노르웨이 오슬로에 있는 비겔란공원에 '화난 아이'라는 조그만 동상이 있다. 과자를 주었다 빼앗는 어른을 향해 주먹을 부르쥐고 금방 눈물이 뚝뚝 떨어질 것처럼 부릅뜨고 있는 비겔란의 대표작이다. 우리나라 경제나 경상남도 재정이 급식을 못 할 정도라면 어쩔 수 없다. 그러나 국가나 경남 재정이 급식비 지원을 못 할 정도로 가난한 게 아니다. 조금만 합리적으로 예산을 조정하고, 다른 예산을 조금만 아끼면 충분하다. 솔직히 부정과 비리를 반만 막아도 아이들 점심 밥값 정도는 넉넉하다 못해 넘칠 것 같다. 그래서 더 슬프고 화가 난다.

2015년 5월호

법을 핑계로 어린이 놀이터마저 빼앗는 어른들

청주에 있는 1,000여 세대가 사는 한 아파트에서는 어린이 놀이터 반을 잘라서 주차장으로 만든다고 한다. 일부 주민들은 어린이 놀이터를 주차장으로 만드는 게 말이 되느냐고 반대하지만 아파트 관리소 쪽은 주민 70%가 찬성하고, 주택법이 개정되어서 가능하다는 주장이다. 이처럼 어린이 놀이터를 줄여서 주차장으로 만드는 곳도 있고, 아예 없애고 어른 체육시설로 바꾸는 곳이 늘어나고 있다.

국민안전처 발표(2014년 12월말 기준)에 따르면 어린이놀이시설 안전관리법(약칭:어린이놀이시설법)[법률 제12940호]에 의거해 2015년 1월 26일까지 검사를 받아야 하는 전국 6만 2,197개 어린이 놀이터 가운데 아예 검사를 받지 않은 곳이 3,190개나 되고, 검사 결과 불합격한 어린이 놀이터가 206개라고 한다. 이런 어린이 놀이터는 폐쇄된다. 곧 올해 3,396개 어린이 놀이터가 없어진다고 볼 수 있다. 어린이 놀이터 20곳 가운데 한 개는 없어질 수 있다는 것이다. 이렇게 어린이 놀이터를 어른들 편의 시설로 바꾸거나 없애도록 주택법이나 어린이놀이시설법이 법적 근거를 마련해주고 있는 것이다. 이런 법은 어른들이 만든 것이니 어른들이 법으로 어린이 놀이터를 빼앗는 것이나 마찬가지다.

어린이놀이시설안전법 제1조 목적을 보면, 이 법은 어린이들이 안전하고 편안하게 놀이기구를 사용할 수 있도록 어린이놀이시설 설치·유지 및 보수 따위에 관한 기본 사항을 정하고 어린이놀이시설을 담당하는 행정기관 역할과 책무를 정하여 어린이놀이시설의 효율적인 안전관리 체계를 구축함으로써 어린이놀이시설 이용에 따른 어린이 안전사고를 미연에 방지함을 목적으로 한다고 되어 있다.

이 목적처럼 어린이놀이시설법을 만든 까닭은 끊임없이 발생하는 안전사고에서 어린이들을 지키자는 것이다. 실제로 우리나라 놀이터 어린이 안전사고 발생 비율은 상당히 높은 편이다. 최근 3년간 한국소비자원에 접수된 사례를 보면 7~14세 어린이가 안전사고로 죽거나 한 달 이상 치료해야 하는 중상해 사고 548건 가운데 128건이 놀이터에서 발생했다. 이런 형편이라 어린이놀이시설 안전기준을 정하고, 평소 점검과 관리를 철저히 해야 마땅하다. 그러나 이 법을 근거로 어린이 놀이터를 없애는 건 취지에 어긋나는 것이다.

실제로 놀이터가 아닌 곳에서 당하는 어린이 중상해 안전사고가 76.6%(420건)나 된다. 곧 어린이 놀이터가 사라지면 그만큼 우리 아이들은 더 위험에 노출될 수밖에 없다. 빈대 잡는다면서 집을 태운다는 옛말과 다름없는 짓이다.

진짜 문제는 지방자치단체의 무관심과 주택단지 관리 주체가 되는 어른들의 경제 중심 사고방식이다. 불합격했는데도 개보수하지 않고 없애거나 어른들을 위한 다른 용도로 변경하는 곳도 늘어나고 있다. 이처럼 아예 검사를 받지 않는 곳이 상당수인 현실 뒤에는 법을 핑계로 어린이 놀이터를 빼앗으려는 어른들의 불순한 의도가 엿보인다. 최소한 어린이놀이터와 안전에 무관심하다는 비판을 벗어날 수는 없다. 전라남도 같은 경우는 전담반을 만들어서 100% 안전검사를 받고 개보수를 해서 살리는데 서울에서도 강남, 강남에서도 서초구 같은 곳이 10곳 가운데서 3곳이나 검사를 받지 않고 놔두는 걸 보면 그런 불순한 어른들의 꼼수라는 의혹을 떨칠 수가 없다.

2015년 2월호

인성교육은 어른부터 해야 한다

인성교육진흥법을 만들었다고 한다. 그 목적을 보면 '올바른 인성을 갖춘 국민을 육성하여 국가사회의 발전에 이바지함을 목적으로 한다'고 한다. '인성교육'이란 '자신의 내면을 바르고 건전하게 가꾸고 타인·공동체·자연과 더불어 살아가는 데 필요한 인간다운 성품과 역량을 기르는 것을 목적으로 하는 교육을 말한다'고 정의하였다.

이런 교육이라면 너무나 당연히 가정에서 부모들이 해야 하고, 학교 교육에서 교사들이 해야 할 일이다. 그런데 교육부에서는 이 법을 빌미로 인성교육을 외부 인성교육 전문단체에서 강사를 학교로 파견해서 교사들 대신 하도록 하겠다고 한다. 이런 방식은 세 가지 문제가 있다.

첫째는 인성교육을 지식으로 가르치려고 한다는 것이다. 인성교육은 지식보다 실제 행동으로 가르쳐야 한다. 곧 모범을 보여주는 것이 가장 중요한 인성교육 방법이다. 말과 행동이 다를 때, 지식 따로 배우고 행동 따로 놀 때 인성교육은 절대 이루어질 수 없다. 가정에서 부모들이 모범을 보이고, 학교에서 교사들이 모범을 보여주고, 사회에서 어른들이 모범을 보여주어야 한다. 말이 아니라 행동으로 보여주어야만 한다. 그런데 이렇게 외부 단체에서 강사를 파견해서 몇 시간 강의한다면 인성에 대한 몇 가지 말뜻 풀이나 그런 말뜻에 따른 행동을 지켜야 한다는 당위성 강조에 그치고 말지 평소 행동으로 자기가 가르친 말뜻을 실천하는 모습을 보여줄 수 없다.

둘째는 인성교육을 전담하는 단체의 투명성과 강사들 질을 절대 보장할 수 없다는 것이다. 최근 학교에 파견되어 오는 안전교육·경제교육·성교육 같은 강사들한테서 발견되는 문제점들이다. 정진후 의원(정의당, 교육문화체육관광위원회)이 교육부 자료를 분석해서 발표한 자료(2015. 9. 10)에 따르면, 교육부가 최근 인성교육범국민실천연합(이하 '인실련')이라는 단체에 특별교부금 21억 7,000만 원을 지원했는데, 절차와 법규를 위반하면서 지원한 데다가 그 쓰임 내역도 문제가 있다고 자세히 지적하였다. 첫 단추부터 이렇게 교육부가 특정단체 이권과 결탁하는 부조리한 모습을 보면서 이처럼 부정부패한 집단이 인성교육을 하면 오히려 인성을 더 망치는 지름길 밖에는 안 되겠다 싶은 생각이 절로 든다.

셋째는 부모와 교사들이 책임져야 할 인성교육에 대한 책임을 외부 전문기관이나 단체로 떠넘기는 것을 당연하게 생각하는 풍토를 만들 수 있다. 인성교육이 제대로 안 되기 때문에 인성교육 전문가들이 나서야 한다면, 학교에 가서 학생들을 대상으로 가르치려고 하지 말고 먼저 사회 지도층을 대상으로 가르쳐야 한다. 그다음에 교육부와 교육청 관료들 인성교육부터 제대로 해야 한다. 그다음 교사들한테 가르쳐야 한다. 그리고 학생들은 교사들한테 맡겨두어야 한다.

우리 사회 각계각층 지도층과 부모와 교사들, 곧 어른들이 자신의 내면을 바르고 건전하게 가꾸고 타인·공동체·자연과 더불어 살아가는 데 필요한 인간다운 성품과 역량을 갖추고 국가사회 발전에 기여하는 모습을 행동으로 보여준다면 아이들은 자연스럽게 그것을 보고 배우니 염려할 필요가 없다. 그러니 인성교육은 아이들이 아니라 어른들부터 먼저 가르쳐야 한다. 윗물이 맑아야 아랫물이 맑다.

2015년 10월호

교육감을 집단폭행하고도
부끄러운 줄 모르다니

지난 6월 9일 전북어린이집연합회 소속 회원 200여 명이 전라북도의회 본관 3층 본회의실 입구에서 김승환 전라북도교육감, 김규태 부교육감과 교육청 직원 10여 명에게 집단폭행을 한 사건이 발생했다.

전북어린이집연합회는 어린이집 원장과 교사들로 구성된 단체로 그동안 누리과정 예산을 편성해 달라고 전북교육청에 요구해왔다. 그러나 누리과정 지원 때문에 각 시도교육청은 지난 한 해만도 10조 원에 이르는 지방채를 발행하면서 17조 원이 넘는 빚을 지게 되었다. 이에 각 시도교육감들은 보건복지부 영유아법령에 따라 지방자치단체 소속인 어린이집 누리과정 예산을 더 편성하지 못하겠다고 했다. 이에 항의하던 전북어린이집연합회 회원 200여 명이 김 교육감 옷과 멱살을 잡아끌어서 찰과상을 입혔고, 이를 말리던 김규태 부교육감은 안구 출혈과 찰과상을 입고 병원에 입원

했으며 도교육청 직원 10여 명이 다쳤다고 한다. 또 도의회와 도청을 잇는 구름다리 출입문 유리가 깨져 유리 파편에 찔리는 부상자가 다수 발생했다.

이는 명백한 민주주의와 지방자치에 대한 폭력이며, 유초중등 교육을 책임지고 있는 교권을 짓밟은 행위며, 무엇보다 오직 자기들 집단 권익에만 집착해서 상대편을 집단폭행까지 하는 광기다. 이런 광기는 상대편은 물론 자신까지 파괴하는 증오와 혐오에 그 뿌리가 닿아 있다. 사실 그동안 여러 차례 어린이집에서 일어나는 어린이학대에 대한 보도를 보면서 일부 보육자들의 자질과 인성에 문제가 있어서 생기는 문제라고 생각하려고 했다. 그러나 이번 사건을 보면서 근본적으로 '어린이집 원장이나 보육교사들 자질이나 인성에 대한 재검토를 해야 하지 않는가?'라는 의혹이 들지 않을 수 없다.

그 까닭은 자기들 생각과 다르다고 선출직 교육감을 공개적으로 집단폭행했다는 건 자기들 권익만 중요하지 초중등 교육권은 무시해도 좋다는 아집과 편견, 자기들 권익을 침해하는 것으로 보이는 상대에 대한 증오와 혐오감 때문에 일어난 것이기 때문이다. 또 이런 잘못을 했으면 흥분이 가라앉은 다음에는 빨리 진심으로 사과를 하고, 그에 대한 책임을 져야 한다. 그런데 사건 발생 후에 주도한 단체나 집단폭행에 참여한 개인 가운데 누구도 사과하지 않았다.

그 까닭은 자기들 억울함만 생각하고 자기들이 저지른 집단폭력이 엄청난 죄라는 걸 인정하지 못할 뿐 아니라 그런 폭력행위가 얼마나 부끄러운 행위인지 깨닫지 못하기 때문이다. 문제는 이런 잘못된 인성과 부족한 지성을 가진 사람들이라면 말도 잘 못하는 나약한 어린 아기들을 평소 어떤 마음으로 어떻게 대할 것인가이다. 이런 사람들한테 '영유아의 심신을 보호해야 하는' 어린이집을 운영하도록 맡겨도 되는가다. 이런 편견과 증오감에 쉽사리 휩싸이는 사람들이 어린 아기가 자기 말을 듣지 않거나 괴롭게 한다고 생각하는 순간 쉽게 폭력성을 드러낼 것이 뻔하기 때문이다. 이런 폭력은 CCTV 백 개를 놓아도 막을 수 없다.

옛말에 훈장 똥은 개도 안 먹는다고 했다. 그 정도로 아이들을 가르친다는 일이 힘들다는 말이다. 곧 그만큼 참고 인내할 수 있어야 한다는 뜻도 된다. 옛날 훈장이라면 7세 이후 아이들을 가르치는 직업이다. 그런데 어린이집은 영유아, 곧 7세 이하 아이들을 보육하는 곳이다. 훈장보다 훨씬 더 힘들고 어려운 자리고, 그만큼 관용과 이해와 인내가 필요한 직업이다. 무엇보다 먼저 폭력이 얼마나 부끄러운지를 아는 어른들이어야 어린 아기들을 지켜줄 수 있는 일이다.

2016년 7월호

아이들을 개돼지로 키우는 나라

교육부 정책기획관은 역사교과서 국정화, 누리과정, 특목고, 자율형 고등학교, 대학 구조개혁처럼 우리나라 교육 주요 정책을 기획하거나 조정하는 중요한 자리를 맡고 있는 공무원이다. 그런 공무원이 〈경향신문〉 기자들과 상견례를 겸한 저녁 식사 자리에서 "신분제를 공고화해야 한다", "민중은 개돼지로 취급하면 되고, 개돼지로 보고 먹고살게만 해주면 된다" 같은 기가 막히는 말을 했다고 한다. 듣다못해 화가 나서 나가던 기자가 돌아가서 다시 묻고, 녹음기를 놓고 기사로 쓰겠다고 하는데도 자기 신념이라고 되풀이해서 말했다고 한다. 다른 신문사도 아닌 경향신문사 기자들과 함께하는 자리에서 이렇게 막말을 할 수 있는 풍토가 너무 어처구니없다. 청와대에서 KBS 뉴스를 전화 한 통화로 오르내리게 할 수 있는 나라니 〈경향신문〉 기자들쯤이야 얼마든지 자기 말로 정신교육을 시킬 수 있다고 과신했던 것으로 볼 수 있다. 경향신문사 기자들을 놓고도 그러니 다른 언론매체 기자들한테는 훨씬 더 심하게 했을 수 있다. 그동안 많은 기자한테 그런 정신교육이 먹혀들어갔던 것이 아닐까? 교육부 안에서 부하 직원들한테는 그런 편향된 신념을 더 강력하게 강요했을 수도 있다. 그들 사이에서는 그런 정신교육과 강요가 오히려 찬양받아온 게 아닐까? 그렇게 길들여지지 않고는 〈경향신문〉 기자들 앞에서 그렇게 당당하게 국민의 99%를 개돼지에 비유하는 말을 거듭할 수 없었을 것이다.

공무원은 헌법을 준수해야 한다고 선서를 한 사람들이다. 요즘은 그런 선서도 안 하는지 모르겠지만 공무원이 헌법을 지켜야 한다는 건 상식 중에 상식이다. 그런데 다른 부서도 아니고 교육부 고위 관료가 제10조 '모든 국민은 인간으로서의 존엄과 가치를 가진다'를 정면으로 부정하고, 국민 99%를 개돼지로 만들고 있다. 제11조는 1항 '모든 국민은 평등하다'와 2항 '사회적 특수계급의 제도는 인정되지 아니하며, 어떠한 형태로도 이를 창설할 수 없다'고 되어 있다. 그런데 '신분제를 공고하게 해야 한다'며 헌법을 정면 부정하고 있다. 공고하게 해야 한다는 말은 이미 그렇게 되어 있는데, 그걸 더 단단하게 다져야 한다는 뜻이다. 그동안 우리나라 교육이 아이들을 사람으로 보지 않고, 알 잘 낳는 양계장 닭이나 키워서 팔아먹을 개돼지처럼 다루는 교육 정책으로 급하게 몰아가는 까닭도 교육부에 이런 사람들이 가득 차 있기 때문이 아닐까? 이번에 취중진담을 한 나향욱 한 사람 파면을 넘어서 교육부와 각 부처 전체 공무원들이 이런 헌법 조항을 얼마나 알고 있는지 다시 확인해서 걸러내야 한다. 알더라도 헌법을 수호할 의지가 없는 공무원들은 다 그만두게 해야 한다. 헌법을 지키지 않는 사람한테 국가 공무를 맡겨서는 안 되기 때문이다. 그들은 나라를 망하게 하는 기생충이다.

닭이나 개나 돼지나 소나 말이 자산이듯이 아이들도 이익을 창출할 인적자산으로 봐서는 안 된다. 새벽부터 밤늦게까지 학교와 학원과 개인교습으로 몰아붙이는 건 엄연한 학대다. 욕하고 때리는 것만 학대가 아니다. 아이들이 자기들 삶을 스스로 여유 있게 만들어 즐길 수 없게 하는 것도 학대다. 아이들한테 친구도 이웃도 심지어 부모도 무시하면서 오직 시험공부에만 매달리게 하는 것도 학대다. 아이들 위한답시고 부모가 나서서 봉사활동을 대신 해주거나 대충 해주고 점수만 받아가는 것도 학대다. 학대와 차별은 사람을 사람으로 키우는 길이 아니다. 학대와 차별은 사람을 사람답지 못하거나 사람이 아닌 개돼지로 키우는 지름길이다. 아이들을 사람이 아니라 악어나 스라소니로 만드는 지름길이기도 하다. 가축 아니면 야생 포식자가 되도록 교육시키는 것, 그런 짓은 아이들을 위하는 것이 아니다. 어른들이 오직 이익만 추구하는 나쁜 짓일 뿐이다. 아이들은 국민의 한 사람으로 인간다운 존엄과 가치를 인정받으면서 행복을 추구할 권리가 있다.

2016년 8월호

모두가 행복한 학교 교육을 소망한다

2014년 6월 4일, 지방자치단체를 이끌어갈 사람들을 뽑는 선거에서 놀랍게도 교육감 선거구 열일곱 곳 가운데 열세 곳 선거구에서 진보를 내세운 교육감이 당선되었다. 그가운데 전국교직원노동조합(전교조)에서 임원을 맡았던 교사 출신이 여덟 명이나 된다.

이번 선거에서 전교조 활동을 한 초·중·고등학교 평교사들이 이렇게 많이 당선될 수 있었던 까닭은 이제는 정말 학교 교육을 아이들 중심으로 바꾸어야 한다는 민심이 늘어나고 있기 때문이다. 그동안 보수 쪽에서는 진보 성향 교육감이나 전교조 활동을 한 교사들이 학교 교육을 맡으면 금방 아이들을 망치고 나라가 망할 것처럼 과장하거나 거짓된 선전을 해왔다. 그런데 지난 2010년 선거에서 당선한 진보 성향 교육감이나 전교조 지부장 출신 평교사들이 교육감이 된 시·도에서 4년 동안 추진한 혁신학교나 행복학교가 상당히 좋은 반응을 받았다. 이렇듯 학교 현장에서 몸으로 느낄 수 있는 변화를 보여주고 있기 때문에 전교조를 반대하는 쪽에서 왜곡하거나 부풀려서 만들어내는 흑색선전이 힘을 잃어가고 있다고 볼 수 있다.

그 모습을 가장 잘 보여준 곳이 강원도다. 전교조 지부장 출신인 중등학교 교사였던 민병희 강원도 교육감은 4년 동안 행복한 학교를 만들기 위해 교사와 학부모들 힘을 모아가며 열심히 일했고, 그 결과 보수 성향인 강원도에서 2010년보다 더 높은 표를 얻으면서 재선되었다. 강원도 교사와 아이들과 학부모들이 서로 존중하면서 힘을 모아 좋은 교육을 만들어가는 행복한 경험을 맛보았고, 그 맛을 잃고 싶지 않았기 때문이라고 본다.

이렇듯 우리나라에서 아이들과 교사와 학부모들이 모두 행복한 학교 교육으로 바꾸기 위한 현대 교육 운동 속에는 경북 산골 초등학교에서 오랫동안 아이들을 가르친 이오덕 선생님이 주장한 참교육 정신이 흐르고 있다. 이오덕 선생님은 1944년 경북 청송 주왕산 근처 부동초등학교에서 시작해서 1986년 경북 성주 대서초등학교에서 퇴임할 때까지 삶을 가꾸는 글쓰기교육을 중심으로 참교육을 연구하고 실천했으며, 그 과정과 결과를 정리해서 책으로 수십 권이나 펴냈고, 이 책을 읽으면서 우리나라 학교 교육 현실에 절망했던 많은 젊은 교사에게 놀아움과 깨우침, 그리고 참교육 실천에 대한 용기와 희망을 주었다.

이오덕 선생님이 주장한 참교육 정신의 핵심은 '아이들을 하늘처럼 섬기는 교실', '아이들한테 배울 수 있는 교사', '아이들과 교사가 함께 삶을 가꾸는 교육'이다. 곧 아이들을 독립된 인격체로 존중하고, 그 생명을 피워내기 위해 하늘처럼 섬겨야 하고, 아이들이 갖고 있는 마음을 배우고, 교사가 먼저 민주적인 삶으로 모범을 보여야 한다는 것이다. 지난 4년 동안 경기도 김상곤 교육감, 강원도 민병희 교육감을 비롯한 진보 교육감들이 교육이 가야 할 본질 회복, 곧 참교육 실현을 위해 노력했고, 아이들과 학부모들 호응을 받았다. 그런 변화 속에서 한국글쓰기교육연구회 회원 교사들 역시 혁신학교와 행복학교 만드는 일에 신명나게 참여해서 이오덕 선생님 참교육 정신을 잘 실현하기 위해 앞장서고 있다.

이번 교육감 선거는 세월호 참사를 보면서 참된 교육을 더 많은 지역에서 더 많은 학교로 확산시켜주기를 바라는 민심이 반영된 것이라고 볼 수 있다. 앞으로 4년 동안 정말 아이들을 하늘처럼 섬기고, 아이들과 교사의 삶을 가꾸고, 아이들과 교사와 부모 모두가 행복한 학교 교육으로 나가기를 소망해본다.

2014년 7월호

아이들한테도 학문과 예술의 자유가 있다

어떤 독서 운동 단체가 학교 도서관이나 공공 도서관 장서 목록이나 추천 도서목록을 검색해서 자기들 기준에 맞지 않는 책이 있으면 이를 문제 삼는 공문을 내용증명으로 보내면서 책을 없애지 않으면 검찰에 고소하겠다고 한다고 했다. 수백 개 도서관에서 이런 협박을 받고 그 단체에서 문제 삼은 책을 무조건 빼서 없앴다. 심지어 어떤 교육청에서는 그 책을 읽은 아이들에 대한 사후 지도를 하라는 공문까지 보냈다. 이런 일에 대다수 독서 운동 단체와 도서관 관련 단체들의 반대 여론이 일어나자 취소하기는 했다. 그러나 그런 한심한 일을 하고 있는 특정 단체에서는 반성의 기미를 전혀 보이지 않고 있다.

학교와 공공 도서관에서 어떤 책을 얼마나 구입할 것인지는 담당하고 있는 사서들이 할 일이고, 어떤 책을 어떻게 읽을 것인지는 이용자인 아이들 권리다. 도서관 이용자들은 이런 책을 읽고 싶으니 더 구비해 달라고 할 수는 있지만 이런 책은 내 맘에 들지 않으니 없애라고 할 수 는 없다. 그건 다른 이용자들의 권리를 침해하는 일이기 때문이다. 독서나 도서관 관련 단체들도 자기들 단체 활동 목적이나 관점에 따라 이런 책이 좋으니 권장하고 싶다는 의견을 홍보하는 정도로 공표하거나 자체 제작한 자료를 배포할 수는 있으나 어떤 특정한 책을 없애라고 할 수는 없다. 그건 사서들의 권리와 이용자들의 권리를 침해하는 짓이기 때문이다. 무엇보다 어떤 책도 모든 이용자한테 다 좋은 책은 없으며, 어떤 책도 모든 이용자들한테 다 나쁜 책은 있을 수 없기 때문이다. 또 어떤 책이라도 그 책을 읽고 해석하고 받아들이는 것은 독자의 몫이기 때문이다.

이렇듯 어떤 책을 어떻게 읽을 것인가라는 권리는 아이들도 똑같이 갖고 있다. 유연한 지식과 창의성을 길러야 하는 아이들한테 더 필요한 자유고 권리다. 헌법 제22조 ①에는 '모든 국민은 학문과 예술의 자유를 가진다'고 명시되어 있다. 학문의 자유란 대학교수나 어른들한테만 있는 게 아니라 모든 학생한테도 똑같이 주어진 권리다. 아이들이 무엇을 어떻게 공부할 것인가는 곧 자기 삶을 어떻게 살 것인가와 직결되는 문제이기 때문이다.

아이들을 교과서라는 규격화시켜놓은 지식의 틀 안에 가

두고 있는 게 우리나라 교육이 안고 있는 가장 큰 문제라는 건 교육을 조금이라도 아는 사람이라면 누구도 부인하지 못할 현실이다. 그런 문제를 해결하기 위해 많은 사람이 독서문화와 도서관 살리기 운동을 펼쳐 왔다. 다양한 가치와 지식을 담은 책을 누구나 자유롭게 읽을 수 있는 독서문화를 만들기 위해서 1990년대부터 관심 있는 사람들이 사설 어린이도서관을 비롯한 작은 도서관을 만들었고, 이런 운동에 힘입어 2000년대 이후 학교 도서관이 살아나고 공공 도서관도 빠르게 성장하고 있다.

이제 많은 학교와 공공 도서관이 겨우 살아나고 있고, 학교 도서관이 학교 교육에서 중요한 공간으로 자리매김하고 있는 터에 이런 색깔론에 눈이 멀어 분서갱유와 다를 바 없는 짓을 하는 어른들이 있다니 어처구니가 없다. 아이들한테 육신의 집은 지어주되 영혼의 집은 지어주려고 하지 말아야 한다. 그건 어른들의 오만이고, 편견이며, 아이들을 어른 마음대로 할 수 있는 비인간으로 대하는 태도다. 모든 아이는 스스로 자기 영혼을 튼실하게 가꿀 수 있는 힘을 갖고 있다는 것을 믿어야 하며, 무엇보다 그것은 누구도 빼앗거나 억압해서는 안 되는, 아이들 스스로 자유롭게 누려야 할 권리이기 때문이다.

2015년 8월호

아기들한테 군대체험을 시켜야 할까?

얼마 전 양평으로 귀촌한 분이 집에 작은 마을도서관을 만든다며 놀러오라고 했다. 반가운 마음에 가서 하룻밤 자고 왔는데, 마침 군대 가 있는 맏아들이 휴가를 나와서 작은 도서관 만드는 일을 돕고 있었다. 어릴 때부터 보아온 아이인데 어느새 아주 늠름한 장병이 되었다. 이런저런 이야기를 나누다 요즘 텔레비전에서 하고 있는 연예인들 병영체험 방송에 대한 이야기가 나왔다. 자기네 내무반 장병들은 그런 방송을 보기 싫어한다고 했다. 실제 군대 훈련이나 장병들 생활하고 동떨어진 모습이 많아서라고 한다.

그럴 수 있겠다 싶었다. 아무래도 연예인들 체험활동이니까 평소 군대 현실하고 같을 수 없을 테고, 부대마다 부대 고유의 임무나 지휘관 인격에 따라 병영 생활문화가 다를 테니까 장병들이 볼 때는 엉터리 같은 상황이 있을 것이다. 그 이야기를 듣고 와서 연예인들 병영체험 방송을 유심히 보게 되었다. 자세히 보니 정말 예전에는 그저 웃으면서 재미로 보았던 비슷비슷한 장면들이 어쩌면 장병들 마음에 상처를 줄 수 있겠구나 우려되는 부분이 꽤 보였다. 또는 국민들한테 전쟁을 오락거리로 여기는 정서를 길러줄 수 있는 언행도 언뜻언뜻 보여서 걱정이 되었다. 현재 수십만 젊은이들이 병영 생활을 하고 있고, 대한민국 남자라면 대부분 군대를 가야 하는 현실이니까 방송에서 관심을 갖고 다루는 건 좋지만 자칫 현역 장병들 마음에 상처를 주거나 전쟁 행위를 마치 즐거운 장난처럼 여기게 해서는 안 되지 않을까 하는 생각이 들었다.

그런데 어느 날 보니 어린아이들까지 군대 병영체험 방송을 하였다. '슈퍼맨이 돌아왔다'는 프로그램인데, 연예인과 연예인 자녀들을 군대 병영체험에 보낸 것이다. 인기 있는 연예인과 삼둥이 아들, 쌍둥이 아들, 딸과 일반인 아기들까지 일고여덟 명이 병영체험을 갔다. 서너 살짜리 아기들이다. 나도 평소 그 아기들이 나오는 다른 방송을 재미있게 보았다. 이번에는 공군으로 갔는데, 군복을 입고 병영생활을 하는 모습을 보여주었다. 서너 살 아기들한테 얼룩덜룩한 군복을 입히고, 군대식 경례와 말투와 집단생활을 시키고, 그 과정에서 일어나는 어설픈 장면들을 보면서 시청자들이 귀엽다고 웃게 만들고 있었다. 부끄럽게도 나도 같이 따라 웃었다.

며칠 전 미국에서 자기 아기가 웃으면서 장난감 총을 들고 어딘가를 겨누는 모습을 찍은 사진을 올렸던 연예인이 방송에 나와서 공개사과를 하였다. 유명한 연예인 자녀인데다가 연예인 어머니가 그런 사진을 그저 재미있다고 생각하고 올린 태도가 국민들한테 끼치는 정서 때문에 더 거센 비판이 일어났고, 처음에는 그게 무슨 문제냐고 하던 그 연예인도 사과를 할 수밖에 없게 된 것이다. 미국은 2013년 한 해에만도 10만 명이 넘는 사람이 총기 사고로 죽거나 다치니까 서너 살짜리가 총을 겨누면서 웃는 사진을 공개한 것에 대해 우리보다 훨씬 더 민감하게 반응하는 거라고 할 수도 있다.

　그렇다 하더라도 우리는 유명 연예인 아기들한테 병영체험을 시키는데, 그걸 보고 대부분 국민들이 웃고 넘어가고 있다는 건 좀 생각해볼 문제다. 어린 아기들한테 군대와 전쟁을 상징하는 군복을 입히는 것 자체가 우리 사회가 너무 어른 중심 문화에 젖어 있기 때문이 아닐까 싶다. 나는 솔직히 이렇게 아기들까지 병영체험을 시키면서 웃음거리로 삼을 정도로 군대와 전쟁 문화에 대해 무감각한 나를 비롯한 어른들 정서와 그런 정서를 받쳐주고 있는 문화에 젖어 사는 나를 비롯한 우리 어른들이 걱정된다.

2015년 12월호

아이들한테 핵 공포를 물려주어서는 안 된다

한때 남북이 너도 살고 나도 살자는 쪽으로 한 걸음 두 걸음 다가서던 때가 있었다. 남북교류와 경제협력이 활발해지고, 금강산 관광이 열리고, 개성공단이 만들어지면서 이제는 서로 싸우지 않고 살 수 있는 나라가 되는가 싶었다. 그런데 갑자기 금강산에서 총소리, 서해에서 대포소리가 울리고, 금강산과 개성공단이 폐쇄되고, 북한은 핵실험을 계속 하면서 언제 그런 평화가 있었나 싶은 세상이 되었다. 바로 전쟁이 날 것 같은 분위기다.

그래도 국민들이 크게 불안해하지 않는 것은 전쟁이 나면 남북 양쪽이 다 망하는 걸 뻔히 알면서 전쟁을 하랴 싶기 때문이다. 남북 권력자들이 그 정도로 무식하고, 잔인하고, 막 되어 먹지는 않을 거라는 믿음도 있다. 북한이 핵무기를 개발한다고 해도 그걸 남한에다 쓰지 못할 거라는 계산도 있다. 남한 땅에 핵무기를 사용하면 그 방사능이 북한으로 고스란히 날아갈 게 뻔하기 때문이다. 핵무기는 만들어봐야 어차피 남한에 쓸 수 있는 무기는 아니다.

그런데 이번 경주 지진은 많은 국민이 두려워한다. 우리 땅에서 드물게 겪는 강진이기도 하지만 그 진원지가 경주 지역이기 때문이다. 경주 아래위로 핵발전소가 즐비하다. 그 가운데 한 개만 지진으로 사고가 나면 경상도는 쑥대밭이 될 거고, 중부 지방은 물론 북한까지도 핵 방사능 오염 지대가 되기 때문이다. 곧 한반도 동남부는 완전 폐허가 될 테고, 나아가 한반도 대부분이 핵 방사능 오염 지대가 될 것이다. 그 피해를 우리 아이들과 그 아이들의 아이들을 거쳐 우리 후손들이 수십 년 수백 년 핵 방사능 오염 지역에서 고통스럽게 살아가야 한다.

그나마 핵전쟁은 사람들 의지에 달려 있다. 그러나 지진 같은 자연재해로 일어나는 핵발전소 사고는 사람 힘으로 막을 수 있는 게 아니다. 피할 수 있는 것도 아니다. 그냥 앉아서 고스란히 당해야 하는 비참한 재해다. 경주 방사능폐기물 저장소를 지을 때 많은 환경단체가 위험하다고 반대했었다. 그런데도 정부와 지방자치단체에서는 우리나라에 그렇게 강한 지진이 올 리 없다고 강변했고, 경주 지역은 단층이 달라서 지진 염려는 안 해도 된다고 했다. 그런데 이번 경주 지진을 보면 그런 주장이 모두 오판이거나 어쩌면 거짓이었다는 걸 알 수 있다.

경주 지진으로 우리나라도 지진 안전지대가 아니라는 게 확실하게 밝혀졌다. 특히 경주 지역이 그렇다. 그런데 지진으로부터 안전하니 방사능폐기물저장소를 지어도 된다고 했던 정부 공무원 중에서 누가 그 책임을 질 것인가 궁금하다. 환경평가진단을 해준 단체나 사람들은 그런 오판에 대한 책임을 어떻게 질지 궁금하다. 어쩌면 그런 오판을 하게 한 까닭이 부실한 평가거나 실제 연구결과를 바꿔치기 하거나 조작했을 가능성도 있다.

우리 아이들한테 좋은 나라는 못 물려주어도 최소한 방사능에 오염된 땅을 물려주어서는 안 되겠다. 하루 빨리 경주 지진에서 가장 가까운 핵발전소부터 폐기해야 한다. 현재 방사능폐기장도 내진 설계부터 다시 해야 한다. 남북 정치 권력자들이 더 이상 무의미한 자존심 싸움이나 하고 있을 때가 아니다. 처음부터 대화를 다시 시작해야 하고, 남북한 경제교류를 다시 열어야 한다. 그렇게 해서 우리 아이들, 그 아이들의 아이들, 50년 100년 뒤에도 우리 겨레 후손들이 핵 공포 없이 살 수 있는 나라를 만들어야 한다. 그 길만이 우리 겨레가 살 길이고, 우리 아이들이 살 길이다.

2016년 10월호

우리 아이들한테
어떤 대한민국을 물려주어야 할까?

"유구한 역사와 전통에 빛나는 우리 대한민국은 3·1
운동으로 건립된 대한민국임시정부의 법통과 불의에
항거한 4·19 민주이념을 계승하고…."

이 글은 현행 대한민국 헌법 전문 첫 문장이다. 곧 대한
민국 헌법 첫 문장에서 3·1 운동으로 태어난 대한민국임시
정부 법통을 계승한다고 하였다. 법통을 계승한다는 말은
대한민국 출발시점, 곧 건국 시점을 1919년으로 한다는 말
이다. 따라서 이를 부정하고 1948년 8월 15일을 건국일이라
고 떠드는 자들은 대한민국 헌법 파괴자, 이적 행위자, 나아
가 민족반역자로 처단해야 한다.

현재 개천절, 광복절, 제헌절과 함께 4대 국경일 가운데
으뜸이 3·1절이다. 1919년 3월 1일 시작한 대한독립만세가
삼천리 방방곡곡은 물론 중국이나 러시아, 미국을 비롯해

한민족이 사는 세계 곳곳에서 터져 나왔고, 중국 신해혁명을 촉발시키는 등 세계가 우리를 다시 보게 만들었다. 그 힘으로 한성 임시 정부, 대한민국 임시 정부, 대한국민 의회 정부, 천도교 중심의 대한 민간 정부, 조선 민국 임시 정부, 신한 민국 임시 정부라는 이름으로 6개 지역 이상에서 임시 정부가 준비되었다. 그러다가 1919년 9월이 되어서야 상해에 세운 대한민국 임시정부로 통합되었다.

대한민국 임시정부는 일본에 정식으로 선전포고를 하고 전쟁을 시작해서 1945년 8월 15일까지 국내외에서 싸웠고, 많은 애국열사가 목숨을 바쳤다. 그 법통을 이어서 1948년 정식으로 대한민국 정부를 수립한 것은 역사가 증명하고 있다. 1948년 8월 15일 기념식에 내건 펼침막에 〈대한민국 정부수립 국민축하식〉이라고 했고, 9월 1일 펴낸 대한민국 관보 1호에 연호를 '민국 30년 9월 1일'이라고 했다. 1919년 이 대한민국 1년이고, 1948년은 30년에 해당되었던 것이다. 따라서 1948년 8월 15일은 '건국일'이 아니고 '정부수립일' 이다.

고구려도 나라를 처음 세울 때는 부여에서 도망쳐 압록 강 작은 마을에서 임시정부로 시작했다. 고려도 건국하고 수십 년을 북부 일부 지역에서 있었다. 세계 역사를 보면 대부분 나라가 처음 시작할 때는 대한민국 임시정부보다도 더 작고 어렵게 시작하는 경우도 많다. 그렇다고 해서 나중에 실제로 한 국가다운 모습을 갖추고 그에 맞는 국민과 영토와 주권을 갖게 되었을 때 그 출발점을 버리지 않는다. 태백산 검룡소가 작고, 계곡을 흘러내리는 물이 가뭄에 마를 때가 있다 해도 한강 발원지가 아니라고 할 수 없다.

1919년을 대한민국 건국일로 삼으면 우리 민족이 우리 민족 힘으로 나라를 세운 것이 되지만 1948년을 건국일로 삼으면 남의 힘으로 찾아준 땅에서 미국과 소련 군대 아래서 겨우 나라를 세운 꼴이 된다. 또 조선민주주의인민공화국보다 먼저 남쪽에 나라를 세웠기 때문에 분단의 책임도 져야 한다. 그리고 헌법에 대한민국 영토는 한반도와 그 부속 영토로 한다고 한 조항도 삭제해야 하고, 따라서 민족 통일도 포기해야 한다. 제3국에 떠도는 북한 주민들도 우리 국민이라고 말할 법적 근거가 없어진다.

올해가 대한민국 97년이고, 곧 대한민국 건국 100년을 맞이한다. 지금 어른들은 이를 명심해서 우리 아이들한테 외세 침략에 맞서 우리 민족 손으로 세운 당당한 대한민국을 물려주어야 한다.

2015년 3월호

4부

어린이를 위한 문화예술

누구를 위한 어린이연극일까?

　제9회 서울 아시테지 겨울축제가 2012년 12월 26일부터 2013년 1월 13일까지 대학로와 남산 국립극장에서 펼쳐졌다. 이번 겨울축제는 그동안 어린이연극 부문에서 주요 상을 받은 국내 극단이 만든 작품들이 참가했다. 따라서 우리 어린이연극의 현재 수준을 살펴볼 수 있는 좋은 기회였다. 그래서 우리 '개구쟁이'들은 모든 일정을 제치고 처음부터 끝까지 함께 다 보기로 했고, 함께 보지 못하는 회원은 혼자서라도 꼭 보도록 했고, 그렇게 했다.

　'피리 부는 사나이'는 유일하게 아시테지 수상작이 아니고 초청작이다. 어린이 성폭력을 다룬 이야기인데, 사건 고발을 넘어서 사건을 둘러싼 언어의 모순을 생각하게 하고 싶었다고 한다. 그러나 그런 의도를 청소년 관객들한테 제대로 전달하지 못한 것으로 보인다. 스페인과 우리 사회에 놓여 있는 동성애 문화와 어린이 폭력에 대응하는 사회제도나 관습의 차이를 간과하고 있고, 그 차이를 연출이나 연기로 넘어서지 못했기 때문이다.

'백설공주를 사랑한 난쟁이'와 '세상에서 제일 작은 개구리 왕자'는 그림 형제가 채록해서 각색한 서구 옛이야기를 바탕으로 앞뒤 이야기를 새롭게 확장하거나 비틀어주기를 시도하였다. 춤과 노래, 키스와 눈물, 순간순간 재치와 되풀이, 작은 반전으로 웃음과 재미를 주고 있다. 그러나 공주와 왕자의 사랑 이야기를 벗어나지는 못하고 있다.

'어린왕자'는 생텍쥐페리 작품을 가능한 한 원작에 충실하게 무대 공연을 통해 어린이들한테 전달하고 싶은 의욕이 엿보였고, 상당 부분 성공했다고 볼 수 있지만 아쉬운 점도 있다. 연극은 연극 자체로 관객을 이해시키고 몰입시켜야 하는데, 책을 읽지 않은 아이들은 쉽게 이해하기 어려운 부분이 있기 때문이다. 어린왕자가 살던 작은 행성에 두고 온 장미를 화려한 화장과 옷, 천박한 말투 등 개념 없는 여자로 바꾼 경우도 그 상징성을 제대로 전달했다고 보기 어렵다.

'거인의 책상'과 '얌모 얌모 콘서트'는 연극이 아니라 쇼라고 할 수 있겠다. '거인의 책상'은 미디어 장비로 책상 위에 있는 배우와 물건을 작게 또는 크게 변화시켜 보여주고, 커다란 손으로 가리거나 덮어서 현실과 가상의 세계를 동시에 보고 느낄 수 있도록 하였다. 그러나 네 가지 이야기가 서로 자연스럽게 이어지지 못하고, 아버지 이야기도 너무 재미 쪽으로만 치중하다 보니 오히려 쓸쓸한 웃음을 짓게 하는 장면들이 있었다. '얌모 얌모 콘서트'는 클래식 음악을 재미있고 쉽게 만날 수 있는 공연이라서 즐거웠다. 그러나 선정한 클래식 음악이 아이들한테 적절한가는 또 다른 문제라고 본다. 동요나 만화영화 주제가도 요즘 아이들보다는 부모 세대 기호에 맞춘 것 같다.

'이불꽃'은 1970년대 전후를 시대 배경으로 하는 인형극이다. 이번 공연 작품 가운데서 유일하게 우리 옛이야기와 현실 사회 이야기를 바탕으로 만들었다. 한눈에 네 가지 무대를 볼 수 있고, 이야기 전개에 따라 대칭적으로 시선을 옮기면서 볼 수 있었다. 아이를 낳는 과정을 영상이지만 직접 보여주었는데, 아이들이 생생하게 느끼는 것 같았다. 그러나 서사구조가 이중적이어서 아이들이 몰입하는 데 방해가 되고 있는 듯했다.

이번 아시테지 겨울축제를 보고 나서 개구쟁이 회원들이 모두 공감한 것은 '우리나라 어린이연극이 무대 기법이나 영상미디어 활용 수준은 상당히 발전했는데 주제를 다루는 의식이나 서사구조는 상당히 부족하다'는 것이다. 그리고 어린이가 누구인지에 대한 성찰, 어린이 심리와 언어 발달 단계에 대한 이해가 낮아 보였다. 분명 어린이를 위한 연극인데, 돈을 내는 어른을 의식해서인지는 모르겠으나 어른들 취향이나 정서에 맞춘 것으로 보이는 부분들이 상당히 노출되기도 했다. 어린이연극은 어디까지나 어린이가 중심에 있어야 한다.

개구쟁이 : 어린이연극을 함께 보면서 좋은 어린이연극을 골라서 학부모와 교사들을 위한 월간 잡지 〈개똥이네 집〉에 글을 쓰는 어린이문화연대 회원 모임이다.

2013년 2월호

어린이들 보물창고가 되고 싶어 하는
보림인형극장

무대에 어우러진 배우,

인형의 공연에 손뼉 치며

함께 즐거워하는 감동의 순간순간,

가슴 어딘가에 간직되는

보물창고이고 싶습니다.

보림인형극장은 어린이들 마음속에 감동이라는 보물을 담아주고 싶다고 한다. 어린이들이 자라면서 어느 날 문득 어린 시절에 즐거웠던 추억을 꺼내볼 수 있는 보물창고가 되고 싶다고 한다. 보림인형극장은 어린이를 위한 그림책을 많이 내고 있는 보림출판사(대표 권종택)에서 사옥 1층에 마련한 어린이전문 소극장이다.

어린이전문극장 하나 제대로 없는 현실에서 이렇게 한 출판사가 직접 극장을 운영한다는 것 자체만도 대단한 일이다. 그만큼 어린이에 대한 사랑과 의지가 강하다고 볼 수 있다. 올해도 4월부터 한 달에 한 편 꼴로 공연을 하였다. 어린이문화연대 관객평가단은 그 가운데서 네 편을 같이 보고 평가를 하였다.

그 네 편은 '그레고 인형 뮤지컬 마리오네트'(그리스, 그레고 인형극단, 그레고 다나), '손인형극 할머니'(한국, 인형극단 누렁소, 서해자), '방울방울 버블이야기'(한국, Warner Magic, 이원재), '마리오네트 특별한 여행'(독일, The Fifth Wheel, 엘리자베타 살리에르-드미트리 호모코노브)이다. 보림인형극장에서는 국내 인형극 창작 활성화를 위해서 국내 창작극과 외국 유명 인형극을 한 편씩 교대로 공연하고 있다.

'손인형극 할머니'는 전북 장수에 귀촌해서 살고 있는 서해자 씨가 직접 기획하고 연출하고 인형을 만들어서 배우까지 하는 작은 인형극단의 작품이다. 무언극으로 직접 만든 도구로 소리를 내서 등장인물들의 감정과 생각을 전달하는 방식이 독특하다. 부지런한 할머니와 얼렁뚱땅 손녀가 펼치는 작은 사건마다 아이들이 손뼉을 치며 재미있게 보았다. 가슴이 훈훈해지면서도 한편 짠해지게 하는 인형극이다.

'방울방울 버블이야기'는 비눗방울을 이용한 일종의 마술쇼다. 이날은 동화·동시 작가들이 함께 보았는데, 지금까지 몇 번 본 비눗방울을 이용한 공연보다 훨씬 짜임새가 있고, 구성이 좋았다는 반응이었다. 다만 공연 중간에 관객들을 불러내서 체험하는 시간이 좀 길고 산만한 느낌을 주는 게 흠이라면 흠이라고 할 수 있었다.

두 편의 마리오네트는 그리스와 독일이라는 특성이 엿보였고, 두 편 모두 즐거운 춤과 노래에 맞춰 움직이는 인형을 비롯한 소품들이 무척 정교했다. 공연 시간 내내 어린이와 어른이 함께 손뼉 치면서 즐길 수 있는 좋은 공연이었다. 문득 우리 탈춤이나 노래로 마리오네트를 만든다면 참 좋겠다는 생각이 들었다.

우리 아이들이 어려서부터 국내외 우수 극단에서 만든 인형극을 비롯한 여러 가지 공연을 보면서 자랄 수 있는 문화 여건이 부족한 가운데서도 이렇듯 한 출판사에서 그런 여건을 만들기 위해 꾸준히 노력하는 모습이 아름답다. 그런 아름다움을 지키고 가꾸는 일에 더 많은 사람들이 관심을 갖고 동참하면 좋겠다.

2014년 1월호

아이들을 무시하는 지방자치단체 축제들

봄부터 가을까지 지방 강의를 가거나 여행을 다니다가 그 지역에서 축제를 하고 있으면 잠깐이라도 둘러보았다. 다음 일정이 없을 때는 일부러 하루 더 자면서 축제를 즐겼다. 부산, 포항, 봉평, 영월, 창원, 제주, 충주, 단양, 정선, 화천, 청송, 안성, 파주, 포천, 춘천, 수원, 인천, 영광, 함양, 목포, 상주…. 서울 각 구에서 하는 축제들, 꽤 많은 지역 축제에 들러 잠깐씩이라도 눈요기를 하였다.

1995년 지방자치제가 시작된 뒤로 지역 축제가 엄청나게 늘어났다. 1,000개가 넘는다고 한다. 작은 것까지 다 하면 3,000개가 넘는다는 소문도 있다. 지방선거를 의식해서 축제의 양이 늘다 보니 너무 속없이 하는 게 많다. 관에서 성과 위주로 주도하다 보니 그저 그렇고 그런 행사도 많고, 차별화나 전문성이 부족한 겉치레 행사도 많다. 나도 그런 행사들을 많이 보았다. 어느 유명한 불꽃 축제는 소문난 잔치 먹을 게 없다는 말 그대로라는 말이 나오지 않을 수 없었다. 주차 시설도 제대로 없고, 주차 안내도 너무 불친절하고, 겨우 자리 잡고 기다린 불꽃놀이는 불과 몇 분 만에 끝났다. 축제 기간 중에서 개막일이나 폐막일에나 좀 볼 만 할까? 다른 날에는 해변에 가득 찬 먹을거리 시장밖에는 볼 게 없었다.

몇 가지 특색 있는 행사를 빼고 대부분 지방 축제에서 공통으로 보이는 현상이 있는데, 먹자판과 팔자판과 저급한 놀이와 겉치레만 그럴싸한 공연마당이다. 행사장에 설치한 부스 절반 이상이 비슷비슷한 음식과 물건을 파는 곳이다. 그 지역 특산물이나 별미를 파는 자리도 있기는 하지만 몇 가지를 빼고는 차별성을 찾기 어려웠다. '애들은 저리가라' 는 식으로 펼치는 각설이 마당, 성을 소재로 하는 농담 따먹기나 남녀를 차별하는 말이나 여성과 어린이를 무시하는 장난이나 농담을 다반사로 하는 공연 사회자가 태반이다. 저게 어린 아이부터 청소년이나 젊은이나 늙은이, 식구들이 다 있는 자리에서 해도 될 말이고 할 짓인가? 관객들이 좋다고 웃는 걸 보면 내가 잘못인가?

어른들 따라 오는 어린이도 많고, 중고등학교에서 학생들이 단체로 참여하는 축제도 많다. 그런데 대부분 축제장을 보면 아이들을 철저하게 무시하는 경우가 많다. 축제를 주관하는 단체나 지방자치단체 공무원들 눈에는 아이들이 안 보이는가 보다. 축제장마다 펼쳐놓은 물건 파는 부스만 봐도 그렇다. 그 부스에서 아이들한테 사줄 만한 물건을 파는 곳이 거의 없다. 하다못해 좋은 어린이책 파는 곳이나 좋은 장난감을 골라서 파는 매장 하나 없다. 이런저런 단체들 홍보하는 부스를 돌아봐도 지역에서 독서 운동을 하는 단체를 홍보하는 부스는 보기 어렵다.

그런 가운데 봄에 본 인천 연수동 어린이책잔치, 여름에 본 부산국제어린이영화제, 가을에 본 상주 감골이야기 마당처럼 아이들을 배려한 지방자치단체 행사를 볼 수 있어서 반가웠다. 앞으로 지역사회 문화를 참되게 일궈나가려면 아이들을 배려하고, 아이들과 어른이 함께 할 수 있도록 내용은 물론 진행하는 사람들 말이나 행동까지 바꿔가야 한다. 그리고 '축제'라는 일본식 한자말보다 '잔치'나 '한마당' 같은 쉽고 바른 우리말을 되살리거나 지역 행사 특색에 맞는 말을 찾아서 쓰면 좋겠다.

2013년 11월호

어린이들이 참여하는 어린이영화제

지난 7월 24일부터 28일까지 부산에서 제8회 국제어린이영화제가 열렸다. 우리나라에서는 유일하게 초등학교 어린이들이 직접 영화를 만들어서 출품하고, 어린이들이 직접 심사에 참여하는 어린이영화제다. 집행위원회에도 어린이들이 참여한다. 어린이집행위원들은 직접 집행위원회 의사 결정 과정에 참여하고, 심사위원으로도 참여하고, 영화제 기간에는 진행이나 사회를 맡아서 하기도 한다. 영화제 홍보 포스터도 어린이들한테 공모해서 보내온 작품들에서 뽑아서 만들었다고 한다. 시작부터 끝까지 이만큼이나마 어린이들이 주체가 되어 직접 참여하는 어린이 관련 행사가 흔치 않기 때문에 반갑다.

작년에는 70여 편이 참가했다고 하는데, 올해는 135편이나 참여했다고 하니 배가 늘어난 것이다. 해외 어린이들이 참가한 작품도 열세 편이라고 한다. 올해 본선에 진출한 작품들을 보니 좋은 작품이 많았다. 어린이들이 직접 구상하고 기획하고 연출하고 감독하고 배우와 일꾼으로 참여해서 만든 작품들이라 아직 부족한 점도 많지만 참여하는 즐거움이 잘 드러나고, 창의성이 돋보이는 작품도 많아서 즐거웠다.

제주 남원초등학교 어린이들이 찍은 '남자답게 사는 법'(How to be a man, 12분)은 여자 같은 남자와 남자 같은 여자 아이가 겪는 이야기다. 남자지만 여성스러운 태윤이 남자 아이들한테 놀림을 당하고, 어머니한테서도 꾸중을 듣는다. 우울하게 걷는데 남자 아이들을 때려눕히는 여자 아이 서인이를 만난다. 서인이가 부러운 태윤이가 서인이 한테 남자답게 사는 법을 전수해달라고 한다. 그러나 태윤이는 싸우는 게 싫어서 남자답게 사는 방법을 배우는 걸 포기한다. 그리고 서인이도 여자답지 못하다는 말에 고민하고 있다는 걸 알게 된다. 둘은 각각 자기 성격답게 당당하게 살기로 한다. 여자 같은 남자 태인이와 남자 같은 여자 서인이가 서로를 이해하고 격려하면서 어깨동무를 하고 먼 바다를 향해 서는 마지막 장면에 관객 모두가 박수를 보냈다. 짧으면서도 긴 이야기를 잘 풀어냈다.

'레고 스파이'(The Lego Spy, 2분)는 영국 어린이 둘이 만든 작품이다. 캔티 바넷과 다니엘 스톡모는 아홉 살이다. 우리나라 학년으로는 3학년이다. 레고를 손으로 움직이면서 찍었다. 스파이 한 명이 박물관에 가서 다이아몬드를 보고 집에 와서 스파이 옷으로 갈아입고 다시 가서 다이아몬드를 훔치려고 하다가 갇힌다. 짧은 영화지만 레고가 문을 열고 들어가는 모습이나 옷을 갈아입는 순간들을 재미있게 연결시켜서 찍었다. 감독과의 대화에 나온 다니엘은 레고 하나하나를 손으로 옮기면서 실제로 움직이는 장면으로 찍는 과정을 잘 설명하였다. 그 집중도가 대단했다. 중국 어린이들이 만든 애니메이션도 환경 문제를 어린이 눈으로 잘 다루었다. 한국 어린이들은 학교 폭력이나 학원에서 겪는 일상을 소재로 다룬 게 많았다. 우리 아이들이 살아가는 슬픈 현실이다.

폐막식 때 상을 주는데, 상 이름이 좋았다. 마음 별빛상, 파란 하늘상, 넓은 바다상, 맑은 바람상…. 상 이름들이 참 상큼하고 깨끗하다. 이렇게 쉽고 바른 우리말로 상 이름을 붙이니까 더욱 순수한 느낌이 들었다. 부산국제어린이영화제는 여러 모로 어린이 문화 발전에 중요하다. 국내외에 널리 알려져서 내년에는 참여 작품이 더 많이 늘어나면 좋겠다. 휴대폰이나 디지털 카메라로도 동영상을 찍을 수 있으니, 누구나 쉽게 참여할 수 있는 영화제다.

2013년 9월호

어린이영화로 만드는 영웅들,
우리 어린이들은 어떤 영웅을 만나고 싶을까?

20세기 초, 영화가 생활 문화로 위치를 굳히면서 어린이들 마음에 깊이 자리 잡는 영화 속 영웅들이 등장했다. '피터 팬' '슈퍼맨' '스파이더맨' '아이언 맨' '아톰' '마징가제트' '형사 가제트'…. 얼핏 떠오르는 어린이영화 속 영웅들이다. 영화 속 영웅들은 선을 대표해서 악을 무찌른다.

우리나라 어린이영화에서 만든 영웅들을 살펴보면, 첫 번째 영웅은 '홍길동'(1967년)이다. 신동우 화백이 그린 만화 '홍길동'이 인기가 좋자 그 형인 신동헌 감독이 우리나라 최초로 만든 장편 애니메이션이다. 홍길동은 부정부패한 고을 수령과 정부 관료들을 혼내주고 바로잡는 민중을 대표하는 영웅이다. 1950년대 말에 인기를 끌었던 만화 '라이파이'와 함께 민중 영웅 시대를 열었다고 할 수 있다.

1970년대는 새로운 영웅들이 나타난다. 만화가에서 영화감독으로 나선 김청기 감독이 만든 '로보트 태권 브이'(1976년)다. 또 임정규 감독은 '태권동자 마루치 아라치'(1977년)를 탄생시킨다. 김청기 감독은 '로보트 태권 브이' 인기에 힘을 얻어 '우주에서 온 우뢰매'를 비롯해 다른 로봇 영웅들을 만들어낸다. 1979년에는 반공 영웅인 '똘이 장군'을 만들어낸다. 이 시기는 태권 영웅과 반공 영웅이 어린이들 뇌리에 깊게 뿌리내린 시대라고 할 수 있다.

1989년에 나온 '머털도사'(염우태 감독)는 '머털도사와 108 요괴', '머털도사와 또매'로 이어지고, 2012년에 교육방송에서 드라마로 다시 만든다. 한편 '영구 없다'로 인기를 끈 심형래를 영웅으로 내세운 '영구와 땡칠이'(1989년), '영구 람보'(1990년), '영구와 공룡 쮸쮸'(1993년)처럼 겉으로 보기에는 좀 멍청하고 바보처럼 보이는 주인공이 실제로는 요괴나 악을 물리치는 정의로운 영웅이다. 1990년대는 바보 영웅이 등장하는 시기였다.

2000년대 어린이영화에서는 그 시대를 상징하는 뚜렷한 영웅이 잘 보이지 않는다. 심형래가 만든 '용가리'(1999년), '디워'(2007년)는 800만이 넘는 관객이 보았다. 그러나 괴수를 물리치는 영웅이 뚜렷하게 부각하지 못했다. 아이들한테는 오히려 강제규 감독이 만든 '태극기를 휘날리며'에 나오는 장동건이나 원빈 같은 전쟁 영웅이 더 각인되었다고 할 수 있다. 우리 어린이영화를 보면 민중 영웅, 반공 영웅, 바보 영웅, 전쟁 영웅으로 진행되어 왔다.

2000년대 아이들한테는 영화 속에서나마 악을 응징하는 순수한 선을 대표하는 영웅이 없다고 할 수 있다. 이런 시기에 김봉한 감독이 만든 '히어로'(2013년)는 새로운 영웅상, 곧 서민 영웅을 지향하는 것으로 볼 수 있다. 아버지 주원(오정세)은 혼자서 아들 규완(정윤석)이를 키운다. 마땅한 직업도 없이 혼자서 아이를 키우느라 어려운데, 규완이가 소아암에 걸린다. 소아암에 걸린 여덟 살 규완이는 썬더맨 광팬이다. 그런데 시청율이 낮다고 중간에 개편돼서 끝나버린다. 실망한 규완이한테 희망을 주기 위해 온갖 노력을 하던 가난한 아버지 주원이 당나무 아래에서 번개를 맞고 썬더맨이 된다.

21세기에는 이처럼 생활 속에서 가족을 지키는 서민 영웅들이 더 많이 나타났으면 좋겠다. 이혼율 세계 최고라는 요즘 우리 사회 형편을 볼 때, 어린이들한테 '히어로'에 나오는 아버지 같은 생활 속 영웅이 더 많이 필요한 시대가 되었기 때문이다.

2013년 11월호

부끄러운 영화, 안타까운 아이들

말의 시대, 글의 시대를 넘어 영상 언어 시대가 강화되고 있다. 영화, 텔레비전, 인터넷 게임이나 동영상을 비롯한 다양한 영상 매체가 발달하고 있다. 이러한 영상 매체들이 우리들 삶을 지배하고 있고, 어린이문화를 휩쓸고 있다. 영상 매체 발달이 어린이문화에 끼치는 영향, 곧 미래에 형성될 사회문화를 걱정하는 소리가 간간이 들린다. 사실 이러한 영상 매체, 기계나 기술이 문제가 아니라 그 매체를 통해 어린이들한테 전달하는 '어떤 것'을 만드는 어른들 마음과 생각이 문제다. 무조건 돈을 벌기 위해 '어떤 것'을 만드는 어른들이 무엇이 옳고 그른지 모르고, 잘못하고도 전혀 부끄러워하지 않기 때문이다.

6월에 개봉한 '미나문방구'(감독 정익환, 주연 최강희 봉태규)를 보면 영화를 만드는 사람들이 무엇이 옳고 그른지 모르거나, 지식으로는 알더라도 마음으로는 부끄러워할 줄 모른다는 걸 확실하게 알 수 있다. 경기도청 공무원으로 근무하는 딸 미나(최강희)가 아버지가 병원에 입원하자 문방구를 팔려고 한다. 그 과정에서 아버지가 운동회 달리기 때 자기를 1등 시키려고 학용품으로 아이들을 꾀어서 일부러 넘어지게 한 사실을 알게 된다. 문방구를 해서 동무들한테 미나방구라고 놀림당했다고 아버지를 미워하던 딸이 아버지가 저지른 비리(승부조작)를 알고는 마음을 돌려서 사표를 내고 고향에 돌아가 아버지와 같이 문방구를 다시 연다. 잘못을 잘못으로 알지 못하고 즐거운 추억이나 부모 사랑으로 뒤바꿈하고 있다. 더구나 이웃 문방구 아이들한테 사기를 친 결과가 되었는데도 그에 대한 사과 한마디 없다. 이렇게 삶에서 옳고 그름을 거꾸로 판단하고, 아이들과 한 약속을 지키기는커녕 사기 친 결과에 대한 사과도 없는데도 관객들은 두 형제가 주먹을 쥐고 눈물을 흘리면서 "꼭 복수하고 말 거야"라는 말에 웃는다.

최근 텔레비전 연속극도 그렇다. 한 연속극에서는 유치원에서 영어를 가르치고, 다른 연속극에서는 유치원 다니는 아이한테 집에서 영어를 개인 과외로 가르치고 있다. 유치원이 자기 할 일을 버리고 영어를 가르친다. 영어 전문 유치원까지 있는 안타까운 현실이다. 그렇다고 해서 영상 매체에서 이러한 현실을 생각 없이 마구 노출시키는 건 아이들한테 죄를 짓는 일이다. 하루가 다르게 모국어 언어가 확장되면서 사고력, 도덕성, 사회성이 발달해야 하는 유치원 시기에 모국어 대신 외국어를 강요하는 건 폭력이다. 인간발달이나 언어발달 과정, 뇌 발달과 심리 변화에 대해 조금이라도 이해한다면 이래서는 안 되는 것이다. 우리 사회에 영어 열풍이 일어나고, 한때 유치원 아이들 혀까지 잘라가면서 영어를 가르치기 시작한 건 2000년 무렵이다. 그 뒤 입학하는 아이들 가운데서 주의력결핍, 과잉행동장애와 무기력이나 조울증을 앓는 아이들이 급증하는 문제가 결코 우연한 현상이 아니다.

이렇게 아이들을 무시하고, 동심을 왜곡하고, 어린이 발달 과정에 혼란을 주는 어른들이 오늘 짓는 죄를 누가 감당할 수 있을까? 주먹을 부르쥐고 복수를 다짐하는 아이들이 만드는 다음 세상은 어떤 세상이 될까? 나는 그게 부실 부품으로 채워지는 원자력발전소보다 더 무섭다. 원자력발전소에 들어가는 가짜 부품을 만들고, 그런 가짜 부품으로 원자력발전소를 채우는 천인공노할 사람들을 모두 찾아서 그에 맞는 벌을 주기 위해 수사를 확대하고 있다. 그러나 어린이들을 속이고 무시하고 마음과 정신을 병들게 하는 영상 매체를 만드는 어른들을 찾아 벌을 주는 이야기는 들리지 않는다.

어린이가 보는 영상 매체를 잘못 만드는 일이 얼마나 큰 죄인지 깨닫기를 바란다. 나아가 연속극이나 영화를 비롯해 영상으로 그 무엇을 만드는 어른들 스스로 어린이 삶을 지키고 가꾸는 길을 깊이 성찰하기를 바라고 또 바란다. 겨레의 희망, 인류의 미래인 어린이들을 살리기 위해.

2013년 7월호

여왕의 교실에서 짓밟히는 아이들

    나는 생각다 못해 담임 선생님 앞으로 편지를 썼다. "2학년 아이한테 이런 숙제를 내시지는 않을 터인데, 이 아이가 잘못 듣고 이랬다면 많이 꾸짖어주시고, 그렇지 않고 담임 선생님이 이런 숙제를 낸 것이 사실이라면 앞으로는 이런 숙제를 내지 말아주십시오" 하는 내용이다. 교과서 베껴 쓰는 숙제는 아이들을 기계로 만들어 생명을 죽이는 것이니 영원히 씻지 못할 죄를 짓지 않도록 해달라고 썼다. 이 민족이 어찌 되려고 아이들 교육마저 이렇게 엉망으로 되고 있는지, 나는 담임 선생님 개인을 비난하려고 이 편지를 쓰고 있는 것이 아니라 우리 모두 공범자란 입장에서 이 얘기를 하고 있는 것이라 했다. 참 어이없는 일이다.

이오덕 일기 2권 《내 꿈은 저 아이들이다》 185쪽에서 옮겨온 글이다. 1980년 6월 15일, 경북 대성초등학교 교장으로 계실 때 대구 집에 왔다가 2학년짜리 막내딸이 학교 숙제 때문에 우는 걸 보고 우리 교육자들이 아이들한테 씻지 못할 죄를 짓지 않도록 하자는 의견을 담임 선생님한테 편지를 보낸 날 저녁에 쓴 일기다. 30년 전에 이 땅의 교육 현장에서 참 어처구니없던 일이 많았다. 똑같은 반성문을 10장이나 20장 쓰기, 날마다 쪽지시험 보고 틀린 문제만큼 매를 맞고 틀린 문제 ○번 쓰기, 조장이나 반장이 잘못한 아이들 이름 적어서 내기, 교사 대신 반장이 체벌하기, 하루 종일 교과서 글이나 그림을 공책에 베끼기, 벌 청소, 집단체벌, 아이들을 잘 두들겨 패는 교사가 유능하고 아이들을 사랑하는 교사…. 참으로 어처구니없는 교육관이고 학급운영이고 생활지도였다.

이런 교육이라고 할 수 없는, 교육이라는 미명으로 용납해서는 안 될 교육론이 요즘 여기저기서 되살아나고 있는 소식이 들린다. 나아가 텔레비전 드라마로도 방영하고 있다. 문화방송(MBC)에서 6월 12일부터 수목 드라마로 방영하는 '여왕의 교실'이다. 이 드라마는 2005년 일본에서 방송해서 괜찮은 인기를 끌었던 11부작 드라마를 16부작으로 늘려서 각색한 것이라고 한다. 우리 아이들이 다니는 우리 학교 현실을 바탕으로 하지 않고 다른 나라 아이들 학교 현실을 바탕으로 만든 것을 갖다가 적당히 바꾼 것인데, 현실감도 떨어지고 시대감각도 맞지 않는 사건을 어설프고 억지스럽게 끌어가고 있다. 그러니 고현정이 주연을 맡았음에도 시청률은 바닥을 헤매고 있다. 그나마 시청률이라도 낮으니 다행이라고 해야 하나?

나도 두 번 보고는 너무 어처구니없고 화가 나서 보지 않고 있다. 좋아하던 고현정마저 보기 싫다. 내가 화가 나는 까닭은 교사가 교실에서 마치 왕처럼 군림하던 시대로 타임머신을 타고 돌아간 느낌이 들기 때문이다. 또 전지전능한 신처럼 행동하고 인권을 짓밟으면서 교실이란 폐쇄된 공간을 지배하는 독재자를 참된 교사로 왜곡하는 의도가 보인다. 그런 결말인 일본 드라마와 다르게 끝내려나? 알 수 없다. 그러나 그런 과정에서 보여주는 잘못된 교육이 결코 좋은 결실을 맺을 수 없고, 간혹 특수한 상황으로 그런 결과를 얻을 수 있다고 가정해도 현실에서는 아이들한테 지울 수 없는 상처를 남기는 짓이다.

같은 방송국에서 1981년부터 1987년까지 방영해서 인기를 끌었던 '호랑이선생님'(조경환 주연)은 엄하게 훈육을 하는 전후 과정에서 아이들에 대한 끊임없는 사랑과 성찰하는 모습을 보여주었다. 일본판 '여왕의 교실'에서는 그나마 담임교사가 아이들한테 그런 판단을 내리기 위해 나름대로 아이들 한 명 한 명을 사전에 면밀하게 관찰하고, 그로 인해 전개될 과정에 대한 예상 시나리오를 짜느라 고심하는 모습이 보였다고 한다. 그런데 우리 '여왕의 교실'은 교사의 독선과 독재, 반교육적이고 비인간적인 행동만 드러나고, 그런 문제 행동을 오직 성적향상으로 덮는다. 어린이에 대한 이해와 사랑이 빠진 교육은 그 자체가 죄다.

2013년 8월호

5부

행복하게 늙을 수 있는
나라가 되면 좋겠다

전쟁을 두려워하지 않는 지도자

2010년 5월 30일 제주에서 한국 대통령 이명박, 중국 총리 원자바오, 일본 총리 하토야마 유키오가 만나서 회의를 했다. 천안함 사태에 대한 회의를 하는 자리였다. 그런데 이명박 대통령이 공동 기자회견에 앞서 단호한 대북 조치 필요성을 강조하면서 "우리는 전쟁을 두려워하지도 않지만 전쟁을 원하는 것도 아니다"고 말했다고 한다(한국일보 2010. 5. 31. 1면). 전문을 소개한 기사가 아니라서 그 사이에 어떤 말을 했는지는 모르겠지만, 기사에서 머리글로 뽑은 "전쟁 두려워 않지만 원치도 않아"라는 말을 읽는 순간 머리칼이 곤두섰다.

'전쟁을 두려워하지 않는다고? 전쟁이 얼마나 무섭고 두려운 일인지 모른다고? 한 국가 운명을 거머쥔 자리에 있는 사람이 이런 생각을 갖고 있어도 되나?' 하는 생각이 들었기 때문이다. 모든 전쟁은 백성이 아니라 지도자들 때문에 일어난다. 바로 전쟁을 두려워하지 않는 지도자가 앞장서서 전쟁을 일으키는 것이다. 백성들한테 상대편을 증오하는 마음을 심어주고, 전쟁을 하지 않으면 우리가 죽는다고 선전하고, 그래도 전쟁하기 어려우면 가짜 사건을 일으켜서 먼저 공격당했다고 거짓말을 하기도 한다. 히틀러가 그런 거짓 사건을 만들었고, 일제도 만주를 침략할 때 그런 거짓 사건을 만들었다.

역사에서 전쟁을 먼저 일으킨 지도자들은 전쟁을 두려워하지 않았다. 그들이 전쟁을 두려워하지 않았던 까닭은 자기들이 이길 거라고 생각했기 때문일 것이다. 아니 이겨야 한다고 믿었기 때문일 수도 있다. 아무리 전쟁을 좋아하는 지도자라도 질 게 분명한 전쟁을 먼저 시작하지는 않는다. 따라서 지도자 가운데서 가장 위험한 지도자는 이길 수만 있다면 전쟁을 굳이 피할 필요가 없다는 생각, 이길 수 있다면 두렵지 않다고 생각하는 지도자일 수 있다. 전쟁은 이기느냐 지느냐를 떠나 그 자체로 무섭고 두려운 일이다. 진정한 지도자라면 아무리 이길 수 있다고 해도 절대 전쟁은 해서는 안 될 무서운 일이라고 두려워해야 한다.

전쟁에서 지면 더 비참한건 분명하지만 전쟁에서 이긴다고 해도 비참하기는 마찬가지다. 전쟁에서 이긴다고 해도 싸움터에 나간 젊은이가 무수히 죽어야 하고, 사람이 사람을 죽여야 한다. 이기느라고 죽은 군인들 식구들이 평생 안고 살아야 하는 아픔은 전쟁에서 이겼다고 해서 사라지지 않는다. 사람을 총칼로 죽인 젊은이 가슴에 패인 상처는 전쟁에서 이기고 살아남았다고 해서 쉽게 지워지는 것이 아니다. 더구나 현대판 전쟁은 군인보다 민간인이 훨씬 더 많이 죽거나 다친다. 6·25가 그랬고, 베트남 전쟁이 그랬고, 지금도 지구촌 곳곳에서 멈추지 않는 전쟁들이 그렇다.

달팽이 마을에
전쟁이 일어났다.

아기 잃은 어머니가
보퉁이를 등에 지고 허둥지둥 간다.
아기 찾아 간다.

목이 메어 소리도 안 나오고
기운이 다해 뛰지도 못하고
아기 찾아 간다.

달팽이가 지나간 뒤에
눈물자국이 길게 길게 남았다.

권정생 선생님이 쓴 〈달팽이〉라는 동시다. 이 시를 읽을 때마다 가슴이 아리고, 눈물이 날 것 같다. 6·25 전쟁 때 얼마나 많은 어머니가 죽은 자식을 가슴에 묻고 살아야 했는지, 지금까지 살고 있는지, 그 긴 눈물자국이 이어지고 있는지 보고 듣는 사람이라면 어찌 전쟁이 두렵지 않을 수 있을까. 부모 잃고 헤매다 죽어간 아이들을 생각한다면 어떻게 전쟁이 두렵지 않다고 할 수 있을까.

　〈개똥이네 놀이터〉 6월호에서 〈전쟁이 준 아픔을 딛고 평화를 싹틔우는 노근리〉라는 꼭지를 읽었다. 60년 전 일곱 살 때 전쟁을 겪은 배수용 할아버지가 들려주고 보여주는 노근리 사건, 굴속에 갇혀서 오도가도 못 하면서 날아오는 총탄에 죽어가는 식구들을 부둥켜안고 울부짖어야 했던 사람들, 그 아픔이 아직도 생생하게 이어지고 있는 게 우리 땅이고 우리 역사다. 그런 아픔이 아직도 생생한 백성들이 사는 나라 지도자가 어떻게 전쟁이 두렵지 않다고 말할 수 있을까. 오히려 천안함 유족들은 이 사건으로 어떤 보복도 바라지 않는다고 했다고 한다. 자기들과 같은 슬픔을 겪는 부모 자식들이 한 명이라도 더 생기지 않기를 바라는 마음에서 그러지 않았을까.

　국가 지도자들은 전쟁을 두려워해야 한다. 무서워해야 한다. 우리 아이들이 전쟁을 두려워하고 무서워하는 사람이 되도록 가르쳐야 한다. 전쟁을 두려워하지 않는 사람을 지도자로 뽑지 않는 사람으로 자랄 수 있도록 해야 한다. 우리 역사에서 더 이상 자식을 잃은 어머니들 눈물자국이 이어지지 않기를 바라는 마음으로.

2010년 6월호

부모 품에서 아이들을 빼앗는 나라

　　며칠 전에 지역으로 어머니들을 대상으로 하는 강의를 하러 갔다. 한 어머니가 유아를 데리고 와서 강의를 들었는데, 강의를 같이 듣던 다른 사람이 그 어머니한테 왜 아이를 어린이집에 보내지 않느냐고 물었다.

　　"어린이집에 보내도 될 나이인데, 왜 안 보내요?"

　　"저는 그냥 집에서 제가 돌보려고요."

　　"그럼 지원을 받지 못하잖아요."

　　"그러게 말이에요. 그래서 다 어린이집에 보내야 한대요. 안 보내면 바보래요. 얘도 그냥 어린이집에 등록하라고 하는데, 나는 아이들을 내가 직접 키우려고 직장도 그만 두었거든요. 요즘 고민이에요. 어떻게 해야 할지."

　　이 두 사람 이야기에서 양육비 지원 정책이 얼마나 잘못되고 있는지 느낄 수 있었다. 어린 아이들 어머니가 집에서 돌보면 정부 지원을 받을 수 없고, 보육시설에 보내면 지원을 받을 수 있다고 한다. 이런 정책은 나라가 어머니 품에서 아이들을 빼앗는 꼴이 아닌가? 집에서 아이를 키울 수 있고, 맞벌이를 포기하고 아이와 함께 지내고 싶은 어머니를 바보로 만드는 나라가 아닌가?

집에 돌아와 아는 사람한테 부탁해서 보건복지부에서 발행한 〈2012년 영유아 보육사업 안내〉라는 책자 파일을 받아서 읽어보았다. 살펴보느라 머리에 쥐가 나는 줄 알았다. 문장이 난삽해서 가독성이 떨어지는 데다 규정들이 너무 잡다하기 때문이다. 어떤 문장이나 조항은 날마다 글을 읽고 쓰는 일을 하는 나도 몇 번을 다시 읽으면서 생각해야 겨우 이해를 할 수 있었다. 2012년부터 양육수당 지원 대상을 만 2세에서 36개월 미만 아동으로 변경했다고 한다. 양육수당이란 어린이집이나 유치원을 이용하지 않는 36개월 미만 어린이에게 지원하는 것이다. 36개월 미만 어린이들에게는 보육시설 이용이나 가구 소득수준에 관계없이 모두 지원하는 것이다. 그런데 만 3세에서 4세 아이는 가구 소득 하위 70% 이하인 가구의 어린이집을 이용하는 대한민국 국적인 아동에게만 지원한다. 5세 누리 과정도 어린이집을 이용하거나 공통의 과정을 적용받는 경우 소득 재산에 관계없이 월 20만원을 지원한다. 그러니까 36개월 미만은 부모나 보호자인 어른들 소득수준에 관계없이 보육이나 양육수당을 받을 수 있고, 만 36개월 이상은 소득수준이나 보육 시설 이용 여부에 따라 지원 여부가 달라지는 것이다. 방과 후 보육료도 만 12세 이하 초등학교 취학아동들이 어린이 집을 4시간 이상 이용하면 지원받을 수 있는데, 차상위 이하 가구(법정저소득층 포함) 아이들만 지원받을 수 있다.

왜 아이들을 지원하면서 부모의 소득수준이나 집단 시설 이용여부를 기준으로 삼는 규정이 이렇게 많은가? 36개월 미만 아이들한테 지원하듯이 소득수준이나 집단 시설을 이용하느냐 하지 않느냐를 따지지 말아야 한다. 부모를 위해 주는 돈이 아니라 아이를 위해 주는 돈이라면 아이가 기준이어야 한다. 부모가 기준이 되어서는 안 된다. 그러면 이렇듯 복잡한 규정을 만들 필요도 없다.

최근 신문 기사를 보면 자녀를 어린이집에 보내려고 해도 자리가 없다고 한다. 또 심심치 않게 어린이집이 아이들 등록이나 출석 서류를 거짓으로 꾸며서 정부 양육비 지원을 받는다는 부정과 비리를 폭로하는 기사를 볼 수 있다. 이렇듯 잡다한 규정 때문에 실제로 군청이나 시청 인력으로 관리감독이 불가능하다는 허점을 악용하는 것이다. 어느 사회에서나 복잡한 규정은 백성보다 정부기관에 유리하고, 정부기관과 백성 사이에 있는 각종 기관이나 시설 운영자들이 부정과 비리를 저지르게 한다. 그 피해는 오롯이 백성들이 받게 된다.

　어린이도 대한민국 국민이다. 대한민국 국민인 부모나 보호자한테 딸린 사람이 아니다. 곧 부속 국민이 아니라 독립된 인격체를 가진 대한민국 국민이다. 곧 어린이를 지원할 때 모든 어린이를 대상으로 지원해야지 그 보호자 소득수준에 따라 차별 지원해서는 안 된다. 더구나 어린이집을 비롯한 집단 시설을 이용하느냐 하지 않으냐를 기준으로 지원에 차별을 둔다는 건 있을 수 없는 일이다. 어린이 발달과정을 이해하고, 어린이 발달 과정에 어머니가 끼치는 영향을 조금이라도 고려한다면 오히려 가정에서 직접 어린이를 돌보거나 부모들이 협동해서 함께 돌보는 문화를 장려하는 방향으로 지원해야 할 것이다. 지금처럼 어린 아이들을 어머니 품에서 빼앗는 문화를 만드는 방향으로 가서는 안 될 것이다.

2012년 4월호

아이들을 날마다 죽이는 나라를
바꾸지 못한다면

유럽 옛이야기에 '피리 부는 사나이'가 있다. 어느 마을에 쥐가 많아서 살기가 힘들었다. 쥐를 잡아주면 많은 돈을 주기로 했고, 어느 날 떠돌이가 와서 쥐를 쫓아주겠다고 한다. 마을 사람들은 돈을 주겠다고 약속했고, 그 떠돌이가 피리를 불었다. 피리 소리를 따라오는 쥐를 강물에 빠져 죽게 했다. 그런데 마을 사람들이 돈을 주겠다는 약속을 지키지 않았다. 그 사람은 다시 피리를 불었고, 마을 아이들이 모두 따라갔다. 어른들이 돈 욕심에 눈이 멀어 약속을 지키지 않았고, 그 벌로 아이들을 모두 잃었다. 나는 요즘 우리나라가 바로 그 옛이야기에 나오는 마을처럼 되는 것 같아 걱정이다.

우리나라 어른들이 교육열이 높다고 한다. 왜 교육열이 높은가? 이름난 대학에 보내고 싶어서다. 이름난 대학에 보내려는 까닭은 나중에 돈을 남보다 더 많이 벌게 하고 싶어서다. 사람으로 사람답게 사는 길을 찾기 위해 교육하는 게 아니라 무조건 경쟁에서 이겨서 돈을 많이 벌게 하고 싶은 욕심 때문이다. 이런 부모들 욕심, 그 부모들도 어찌지 못하게 옭아매는 사회 관습처럼 굳은 잘못된 교육관 때문이다.

지금 우리 시대 아이들은 사람 대접을 받지 못하고, 돈 버는 노예나 기계 취급을 받고 있다. 아이들은 내일 돈 버는 기계가 되기 위해 오늘 공부 기계로 살아야 한다. 그 틀에서 벗어나면 모두 실패자로 규정해버린다. 해마다 스스로 죽는 아이들이 400여 명을 넘나들고, 집을 나가는 청소년이 2만 명이 넘고, 학교 밖으로 밀려나거나 학교를 떠나는 아이들이 7만 명이고, 수많은 아이가 집단 따돌림과 폭행에 피해자나 가해자가 되어 시달린다. 그리고 사람 아이가 아니라 짐승 새끼가 되고 있다. 아니 노예나 기계가 되고 있다.

해마다 자살하는 아이들이 400명을 넘나든다면 하루에 한 명 이상이 스스로 죽는 것이다. 2010년 통계를 보면 15세에서 24세 사이의 사망 원인 가운데 자살이 1위였다. 2위가 암이다. 14세 이하는 교통사고가 1위다. 암이 2위고, 자살이 4위다. 끔찍한 수치다. 며칠 전에는 초등학교 4학년 여자 아이가 자살했다. "내 원래 꿈은 작곡가예요. 내 노랠 듣고 사람들이 행복하길 바랐는데 이젠 못하겠네요." 죽기 전에 쓴 글이다.

아이들 자살은 자살이 아니다. 그건 타살이다. 아니 살해다. 그 시대를 책임져야 할 어른들이 죽이고 있는 것이다. 어른들이 만들어놓은 사회 구조와 문화 때문에 아이들이 죽는 것이다. 통계를 보면 아이들 자살, 가출, 퇴교, 정서불안증이 갑자기 늘어나는 시기가 현재 정부가 집권하면서부터다. 2006년까지는 1만 명 미만이던 가출 아동 및 청소년이 2008년에는 1만 5,000, 2011년에는 2만 명을 넘었다. 자살도 2006년까지 230명 수준이었는데, 2008년에 300명을 넘었다. 그리고 요즘은 400명을 넘나들고 있다. 이명박 정부가 들어서면서 일제고사를 부활시키고, 특목고를 비롯해 중고등학교부터 대학입시 경쟁으로 줄을 세우고, 그 여파가 《특목고, 초등학교 4학년 성적이 결정한다》《소리치지 않고 화내지 않고 초등학생 공부시키기》 같은 책 제목처럼 초등학교까지 입시 경쟁으로 치닫게 했기 때문이다.

이명박 정부는 교육이라는 이름으로 이런 무자비한 경쟁과 억압과 부정을 부추겨 왔다. 이런 어처구니없는 교육정책에 반대하는 교사와 부모보다 찬성하는 부모와 교사들이 훨씬 많았다. 이런 사람들이 바로 아이들을 죽이는 어른들이다. 우리 아이들한테 괴물이 되라고 몰아붙이는 어른들이다. 이런 사회에서, 이런 나라에서 어른이라는 게 부끄럽다. 나라를 이런 꼴로 끌어가는 대통령, 이런 국회의원들을 선출하는 투표권을 갖고 있다는 것마저 창피할 뿐이다. 아이들을 날마다 죽이는 나라를 맡길 머슴 하나 제대로 바꾸지 못한다면? 우리 아이들이 얼마나 더 죽어가고, 괴물이 되어갈지 가늠조차 할 수 없게 될 거다.

2012년 7월호

아이들 투표권은 누가 지켜줄까?

하지만 우리는

애들이 죄다
대통령 후보 얘기밖에 안 한다.
얘기만 하면 뭐 해.
우리는 뽑을 권리도
없는걸 뭐.

_《내 손은 물방울 놀이터》, 141쪽.

2007년 12월 21일. 경기도에 있는 한 초등학교 5학년 어린이가 쓴 시다. 아이들도 이렇게 대통령 선거에 관심이 많다. 국민이라면 누구나 관심을 갖는 게 당연하다. 그러나 아이들은 투표권이 없다. 선거에 관한 법률로 만 19세 이상만 국민으로서 주권을 행사할 수 있다. 이 때문에 정치인들은 투표권이 없는 아이들을 무시한다. 아이들이 눈에 보이지 않는 것 같다. 지금까지 국가에서 주도하는 아이들 복지나 교육, 문화정책을 보면 그렇다.

1980년대였다. 세계에서 가장 민주적인 국가라고 널리 알려져 있는 코스타리카에서 대통령 선거를 할 때 초등학교 어린이들이 모의 선거를 한다는 기사를 보았다. 그 기사를 보고 무척 흥미가 끌려서 1987년 13대 대통령 선거 때부터 우리 반 아이들한테 모의 투표를 해보았다. 투표 전날 했는데, 재미있게도 아이들이 뽑은 후보가 다음날 선거에서 실제 당선이 되었다. 그런데 2007년 17대 대선 때는 달랐다. 위 어린이가 쓴 시를 보면 선거가 지나고 쓴 거다. 그런데 아이들이 후보에 대한 이야기를 한다고 했다. 곧 대통령 당선된 사람보다 떨어진 후보에 대한 이야기를 했다고 볼 수 있다. "우리는 뽑을 권리도 없는 걸 뭐"라는 글에서 이 어린이가 선거 결과에 대한 불만을 갖고 있음을 느낄 수 있다. 지금 결과를 놓고 보면 2007년 대선 때 어른들 판단력이 아이들만 못했다는 말이 된다.

헌법 제67조 ①을 보면 '대통령은 국민의 보통, 평등, 직접, 비밀 선거에 의하여 선출한다'고 되어 있다. 보통선거와 평등선거를 올바르게 해석한다면 대한민국 국민으로 태어난 사람은 나이에 관계없이 모두 대통령 선거에 참여할 권리가 있다. 대한민국 어른들은 그 권리를 '아이들은 아직 사리분별이 없다'면서 마음대로 빼앗고 있다. 사리분별력이 선거권을 행사하는 기준이 된다면, 우리 주변에서 볼 수 있는 치매환자나 정신질환자나 사기꾼이나 아동성폭력범처럼 사리분별을 못하는 어른들의 투표권도 빼앗아야 하는 게 아닌가? 그러나 선거권은 어떤 사고력이나 판단력을 기준으로 제한할 수 있는 게 아니고, 제한해서도 안 된다. 최소한 공무원으로 임용될 수 있는 18세나 주민등록증을 발급받을 수 있는 17세부터는 투표권을 빼앗아서는 안 된다고 본다. 그러면 아마 대학입시 제도부터 아이들한테 더 알맞고 공정하게 바뀔 거다. 지금 대학입시 제도는 철저하게 어른들 편의주의로 되어 있기 때문에 아이들이 고통을 받는 것이다.

17세 미만 아이들도 직접 선거에 참여시키기 어렵다면 최소한 비례대표 국회의원이라도 직접 뽑을 권리는 지켜줘야 하겠다. 그전까지는 최대한 어른들이 아이들 의견을 귀담아 듣고, 아이들처럼 맑고 순수한 눈으로 후보들을 살펴보고, 꼭 투표장에 가서 선거주권을 행사해야 하겠다. 투표하고 싶어도 못하는 아이들을 대신하는 마음으로라도.

2012년 12월호

공립학교 교육을 바로 잡으려면
순환근무제부터 폐지해야

우리나라 공립학교 교육 현장에서 가장 가슴 아픈 제도 가운데 하나가 교원 순환근무제도다. 우리나라 공립학교 교원 인사제도는 철저한 순환근무제도다. 순환근무제도란 일정 기간이 되면 무조건 다른 학교로 전보 발령을 내는 거다. 서울은 4년마다 다른 학교로 보내고, 강남이나 강동을 비롯한 몇 특정 지역은 4년이나 8년 근무하면 무조건 다른 지역으로 발령을 낸다. 지방도 시 단위 지역에서 몇 년을 근무하면 군 단위 지역으로 발령을 낸다. 무조건 지역을 돌아가면서 근무를 하도록 하는 것이다. 이런 경우 교사 의견이 거의 반영되지 않는다. 더구나 학부모나 학생 의사는 전혀 반영되지 않는다. 이런 순환근무제는 근대 제도교육이 확대되면서 도입되기 시작하였지만 지금과 같은 기계적인 틀은 1970년대부터 강화되었다. 최근에 이에 대한 비판이 일어나고, 개혁 성향 교육감들이 당선되면서 초빙이나 전보

유예 따위로 조금씩 틈을 내고는 있지만 기본 제도는 변함이 없다.

요즘 교육개혁 상징으로 떠오르는 서울이나 경기 지역 혁신학교만 하더라도 이런 순환근무제도의 벽을 넘어서지 못했기 때문에 그 뜻을 제대로 실현하기에 어려움이 많다. 서울에 있는 어느 혁신학교는 교원들이 오랜 협의 끝에 30여 명 교사 모두가 찬성해서 혁신학교를 4년 동안 할 수 있도록 지정을 받았다. 그런데 혁신학교 지정 뒤 불과 1년 만에 열네 명이 다른 학교로 전근가고, 2년이 지난 올해 다시 열네 명이 전근을 가는 바람에 처음 혁신학교를 하자고 합의했던 교사 가운데 여섯 명만 남는 상황이 되고 말았다. 이마저도 내년이면 모두 다른 학교로 옮겨가야 한다. 결국 혁신학교 운영 4년 차에는 처음에 혁신학교를 시작했던 교사들은 한 명도 남기 어려운 상황이 되는 것이다. 한 학교를 바꾸는 데는 4년도 부족하다. 더구나 혁신학교를 운영하기 위해 함께 협의해서 공동 목표를 세우고, 교육 방법을 공유하고, 그 성공이나 실패에 대한 책임을 함께 나누어야 할 교원들을 이렇게 바꾼다면 혁신학교가 제대로 될 수 없다.

이렇게 교원들을 일정 기간이 되면 무조건 다른 학교로 옮겨야 하는 순환근무제가 1970년대에 자리 잡게 된 까닭은 당시 급격한 도시산업화와 유신독재체제 강화와 연계되어 있다. 공업 경제 중심으로 도시산업화를 추진하면서 농촌 경제가 무너지고, 농촌 인구가 대도시로 몰리면서 대규모 빈민층이 형성되었다. 농촌학교는 텅텅 비게 되고, 도시 학교는 70~80명이나 되는 과밀학급, 심지어 2부제나 3부제 수업까지 했다. 따라서 공립학교 교육 현장은 아수라장이 되었고, 그 질이 형편없이 낮아질 수밖에 없었다. 교육을 하는 곳이라기보다는 집단 수용소에 가까웠고, 군대식 훈련소가 되고 말았다. 그런 가운데서 '내 아이에 대한 관심'을 바라는 학부모들이 치맛바람을 일으켰다. 대도시 초·중·고등학교에서는 소위 '촌지'라고 미화시킨 돈봉투 범죄가 바람을 일으켰다. '촌지'는 말 그대로 '아주 작은 뜻'이다. 교육 현장에서는 옛날 서당에서 책 한 권 떼고 나면 책거리 할 떡을 만들 쌀이나 돈을 보태는 게 촌지였다. 내가 초등학교를 다니던 60년대도 촌지라고 하면 시골 학교운동회 때 지역 유지나 학부모들이 봉투에 찬조금을 얼마씩 넣어서 내는 게 촌지였다. 그건 내 아이를 위한 게 아니라 우리 아이들을 위해 조금씩 뜻을 보태는 거였다. 그런 촌지가 내 아이만을 위한 것으로 바뀌면서 교육 현장을 부패하게 하였다. 내 아이 먼저 예뻐하고, 내 아이만 더 열심히 가르치고, 심지어 성적 조작이나 생활기록부를 허위로 기재하거나 고쳐달라고 강요하는 부정으로까지 나갔다.

이런 썩어빠진 돈봉투 뇌물이 대도시 학교에 널리 퍼지면서 교원들이 '좋은 학교와 나쁜 학교'를 오직 '돈봉투'가 많고 적음으로 나누기 시작하였고, 그런 마음을 갖게 하는 데 교육 관료들이 더 앞장섰다. 서울시교육청 교육 관료들은 한 학교 4년 근무제와 강남이나 강동 지역에 몇 년 있으면 강북으로 옮기는 순환인사제도로 강화시켰다. 이러한 강제 순환근무제도는 독재 정권이 교원들을 무력화시켜서 길들이기에 좋았다. 교원들은 4년만 있으면 다른 학교로 가니까 부정부패나 부조리가 있어도 남은 기간만 눈 감고 있으면 된다고 체념하고, 다음에는 착하고 바른 교장을 만나기만 바랄 뿐이다. 떠나면 되니까 학교에 대한 책임감이나 지역사회에 대한 애정도 생길 수가 없다. 거대한 조직체의 한 부속품으로 인식하게 되면서, 교과서 지식과 지시사항만 전달하는 보따리장사꾼으로 전락하는 것이다. 이러니 참된 교육자들이 살아남기가 가뭄에 콩 나듯 힘든 것이다.

당시 전교조가 학부모들한테 환영받았던 가장 큰 까닭은 참교육 실천을 위한 첫걸음으로 시작한 '촌지 거부 운동'이었다. 그때는 촌지 거부 선언문에 서명했다는 것 때문에 해직되어 거리로 쫓겨나고, 징계를 당하는 나라였다. 이제 학교 현장에서 이런 부조리는 상당히 없어진 걸로 알고 있다. 그런데도 강제 순환인사제도가 강고하게 살아남아 있는 까닭은 무엇일까? 아직도 그런 부조리가 남아 있다는 걸까? 아니면 교육청이 교원들을 계속 길들이기 수월하기 때문일까? 어찌되었든 공립학교 교원들이 자기 학교에 대한 책임과 애정과 열정을 되살리기 위해서는 순환인사제도는 과감하게 폐지해야 한다고 생각한다.

순환인사제도를 폐지하면 우선 해마다 수천 수만이나 되는 인사 전보 업무로 많은 인력과 재화가 낭비되지 않는다. 교원들이 가능한 평생 근무해야 하는 학교 근처로 집을 옮길 테니까 휘발유 낭비를 막을 수 있다. 교원들이 지역에 거주하니까 지역 주민과 가까워질 수 있고, 지역 아이들에 대한 생활지도가 이뤄질 수 있다. 지역에 대한 애정이 생기고, 지역 공동체에서 일정한 역할을 할 수 있게 된다. 한 학교에서 평생을 보내야 한다면 그 학교에 대한 애정이 깊어지고, 아이들을 계속 만나게 되기 때문에 책임감이 훨씬 높아질 게 분명하다. 그리고 지역 주민이나 학부모들이 좋은 교사와 나쁜 교사, 우수한 교사와 능력이 부족한 교사를 구별하기 쉬우니까 교원 스스로 노력하지 않을 수 없게 된다. 그리고 능력이 부족하거나 나쁜 교사는 내쫓을 수가 있다. 지금처럼 문제 교사를 다른 학교로 보내면서 학교에 붙들어 두는 한심한 일은 없어질 것이다.

2013년 2월호

어린이집을 교육이 아니라 사업으로 보다니

어린이집 사고 소식이 끊이지를 않는다. 아이들을 학대한다는 고발에 펄쩍 뛰던 어린이집에서 교사가 어린 남자 아이를 퍽퍽 때리는 장면이 찍힌 동영상이 나오는가 하면 어린이집을 여섯 곳이나 운영하는 원장이 달마다 1,000만 원 가까이 횡령을 하다가 걸렸다.

횡령도 횡령이지만 그 횡령한 내용이 참 기가 막힌다. 근무도 하지 않는 식구나 친지를 교사로 근무한다고 가짜 서류를 만들어놓고 국민 세금으로 주는 월급을 꼬박꼬박 받아갔고, 유기농 급식을 하겠다면서 일반 급식을 했다. 학부모한테는 불법으로 유기농 급식비를 받았고, 업체한테 그 돈을 보냈다가 다시 돌려받는 식으로 횡령했다. 더 기가 막히는 건 그러고도 일반 급식비까지 횡령을 했다. 어린 아이 한 명이 먹을 음식을 세 명한테 나눠 주었고, 시장에서 버리는 배추나 열무 쓰레기를 모아다가 음식 재료로 쓰기도 했다.

신문 기사를 보니 그 원장은 투자한 돈을 뽑기 위해서는 그렇게 하지 않을 수 없고, 다른 민간 어린이집들도 그렇게 하는데 자기만 걸렸다고 억울해하는 투로 대답을 했다. 민간 어린이집들이라고 다 그럴 리가 없지만 그 사람 인식 수준에서는 그런가 보다. 더구나 서울 송파구 민간 어린이집 원장들이 모이는 모임에서 오랫동안 임원을 맡았고, 그 힘으로 구의원까지 했다니 완전히 거짓말은 아닌 것 같아 가슴 아프다.

민간 어린이집을 교육이 아니라 사업을 한다는 마음으로 시작하면 이렇게 될 수밖에 없다. 이런 장사꾼들이 대학교나 중고등학교를 운영하는 경우가 많은 것도 가슴 아픈 일인데 생애 첫걸음을 걷는 영유아 어린이들을 대상으로 하는 어린이집까지 이런 장사꾼들이 판을 치고 있으니 참으로 큰일이다.

어떤 사람들은 이런 잘못을 없애려면 구립 어린이집을 늘려야 한다고 한다. 그런데 구립 어린이집들은 괜찮은 걸까? 송파구에서 일어난 어린이집 사고를 보면 송파구청 담당 공무원들 역시 그 잘못에 한몫 하고 있음을 알 수 있기 때문이다. 그 어린이집 비리를 송파구청에 고발한 내용을 담당 공무원이 원장에게 알려주었고, 원장이 학부모들을 협박하거나 대비할 시간을 벌어주었다.

공립 초등학교에서 평생을 근무한 내가 볼 때는 부조리나 비리는 그 단체가 사립이냐 구립이냐 혹은 시립, 공립, 국립이냐 이런 게 중요한 게 아니다. 그 일을 하는 사람들이 어린이들을 돈을 벌기 위한 대상이 아니라 함께 살아가야 하는 소중한 사람으로 보는 것이 가장 중요한 것이다. 원장이나 교사, 교육 시설에서 밥 짓는 사람이나 청소하는 사람들까지 모두 그런 마음을 갖도록 해야 한다. 어렵고 힘들고 느려도 정부기관과 사회 운동 단체들이 손을 잡고 이 일을 해야 한다. 그리고 어린이집과 관련 있는 교사와 학부모들이 그 운영 내용을 투명하게 볼 수 있는 제도를 만들어야 하고, 고발하는 사람들한테 명예와 보상을 보장해주어야 한다.

어린이집 운영을 투명하게 하도록 이끌어낼 수 있는 제도 가운데 하나가 교사와 학부모가 함께 하는 운영위원회가 민주적으로 운영되도록 하는 일이다. 운영위원회 반 정도는 민주주의 원칙을 지키는 직선제로 선출하고, 나머지 반은 학부모 모두가 돌아가면서 참여하도록 하고, 인원이 많을 때는 제비뽑기 같은 방법으로 누구나 골고루 참여하는 방법을 생각해봐야 한다. 그리고 공동육아협동조합을 비롯해 민주주의 원칙과 공동체 정신을 살려서 어린이집을 운영해온 경험이 있는 지역사회단체나 지역인사를 전문위원으로 참여시키는 것이 좋겠다. 구립 어린이집이건 민간 어린이집이건 어린이집 운영위원회 제도를 민주주의 원칙에 맞게 구성할 수 있는 제도와 그 제도를 올바르게 실천하도록 만드는 것이 먼저다. 물론 공동육아협동조합 어린이집 조합원 학부모들도 더 적극적으로 운영에 참여해야 한다. 어떤 공동체나 민주주의도 구성원들이 참여하지 않으면 병들게 마련이다.

2013년 6월호

교사로 살아가는 길

충주에 있는 이오덕 학교 자료관에 갖다 둘 자료가 많이 쌓였다. 1톤 트럭을 불러서 갖고 가는데, 운전기사가 이오덕 학교가 대안학교인가 묻는다. 그렇다고 했더니 요즘은 학교 교사들이 보통 아이들도 힘들다고 하는데, 문제아를 지도하기가 얼마나 힘들겠냐고 한다. 자기 형제들 가운데 교사가 둘 있는데, 요즘 아이들은 너무 힘들게 해서 선생질 못 해먹겠다고 한다면서 차라리 운전하는 게 속 편하겠다고 부러워한단다. 요즘 아이들을 문제아로 말하는 것도 듣기 싫은데, 두 시간 가까이 옆자리에 앉아 가면서 듣기만 할 수도 없어서 한마디했다.

"그럼, 이번 추석 때 만나면 교사 사표 내고 차 한 대 사서 운전하라고 하세요. 인생 뭐 별거 있나요? 마음 편하게 사는 게 최고지. 그렇게 싫어하는 마음으로 아이들 가르치면 아이들이 얼마나 큰 상처를 받는지 몰라요. 남의 귀중한 아이들 마음에 상처주지 말고 교사 그만두라고 하세요."

가끔 식당이나 전철 안에서 요즘 아이들을 비난하고 욕하는 교사들을 만나면 진짜 화가 난다. 나는 어떤 경우라도 교사들이 아이들을 뒷말거리로 삼아서는 안 된다고 생각한다. 더구나 술자리 같은 데서 술 안주거리로 씹어서는 안 된다. 그건 아이들을 모욕하고 무시하고 짓밟는 짓이기 때문이다. 나아가 교사 자신의 심성마저 황폐하게 만든다. 교사들을 대상으로 연수할 때마다 강조한다.

그러면 교사들은 아이들이 어떻게 하든, 아이들한테 어떤 상처를 받거나 말거나 아무 말 하지 말라는 것인가? 그렇지 않다. 그런 경우가 있으면 글을 써야 한다. 글로 그 앞뒤 사정과 내 마음을 솔직하고 자세하게 쓰고, 그 글을 동료 교사들과 함께 읽고 이야기를 나누어야 한다. 그런 과정에서 스스로를 돌아보게 되고, 문제가 일어난 상황을 성찰할 수 있는 것이다. 화풀이나 조롱이나 다른 사람과 재미로 아이들 잘못을 들춰내고 비난하는 말은 교사의 마음을 황폐하게 하지만 이렇게 말과 글로 자기 성찰을 하는 비판은 교사를 성숙하게 한다.

우리 시대 아이들과 가장 가까운 자리에서 교사로 살아간 사람을 꼽으라면 단연 이오덕 선생님이다. 이오덕 선생님이 쓴 글을 읽고, 이오덕 선생님이 가르친 제자들을 만나서 이야기를 듣다보면 아이들에 대한 말과 글과 삶이 참으로 한결같았음을 알 수 있다. 또 이오덕 추모 10주기에 맞춰 나온 이오덕 일기 선집 다섯 권을 읽다 보면 그 끊임없이 되뇌는 자기 성찰에 소름이 돋을 지경이다.

교단에 선 지 18년이나 된 이오덕 선생님이 쓴 어느 날 일기에도 '교사라는 내 위치가 두려워진다. … 두고두고 생각해보자. 어떻게 이 아이들을 키워갈 것인가? 어떻게 하면 아이들 세계에 파고들어 가 그들과 함께 살아갈 수 있을 것인가?'라고 썼다. 그 일기를 읽으면서 '나는 교사 18년이 될 무렵에 어떤 생각을 했나?' 돌아보았다. 낯 뜨거워 할 말이 없다. 다만 나는 어떤 문제가 일어났을 때 그 문제가 일어난 원인을 아이들한테 미루지 않고, 아이들을 핑계로 삼지 않고, 아이들을 욕하지 않았다는 것만도 다행이었다. 그나마 이오덕 선생님을 만났기 때문에 가능했던 일이다.

교사로 살아가는 길을 잃지 않으려면 이처럼 20년이 되건 40년이 되건 끊임없이 자기를 성찰하는 끈을 놓지 말아야 한다. 그 끈을 놓는 순간 교사는 나락으로 떨어진다. 아이들은 더 깊은 나락으로 빠진다. 평생 그 끈을 놓지 않았던 이오덕, 이 시대 교사들이 꼭 이오덕을 만나야만 하는 까닭이다.

2013년 9월호

행복하게 늙을 수 있는 나라가 되면 좋겠다

사람이 태어나서 살아가는 시간을 몇 가지로 나눠볼 수 있다. 태어나는 시간, 자라나는 시간, 일하며 사는 시간, 늙어서 쉬는 시간, 죽는 시간. 이 다섯 가지 시간을 모두 누리지 못하고 죽는 사람이 많아서 안타깝다. 20세기 말에만 해도 어려서 죽는 사람이 늙어서 죽는 사람보다 많았다. 요즘이라고 별로 다를 게 없다. 어른이 되기 전에 죽는 어린 사람이 많다. 그럼에도 불구하고 21세기가 되면서 100세 시대가 열렸다고 한다. 어찌 되었든 20세기보다는 훨씬 많은 사람이 늙어서 죽을 수 있는 사람들이 늘어났다고 할 수 있겠다.

그런데 100세까지 산다고 해서 행복하다고 할 수 있을까? 자라나는 시간보다 훨씬 길어진 시간을 늙은이로 살면서 행복하다고 말할 수 있는 나라가 될 수 있을까? 죽는 순간에 내 한 삶을 온전하게 잘 살았다고 빙긋이 웃으며 갈 수 있을까? 내 자신이 앞으로 살 수 있는 시간이 갑자기 줄었다가 갑자기 늘어났다가 하는 시간을 보내면서 늙어서 살아가야 하는 시간에 대한 생각을 하게 되었다. 그런데 최근 몇 년 동안 세상 돌아가는 꼴을 보면서, 이러다가는 행복하게 늙을 수 있는 나라가 되기 어렵겠다는 생각이 든다.

행복을 느낀다는 건 그 순간 상황도 중요하게 작용하지만 그보다 더 중요한 요인은 미래에 대한 기대와 희망이다. 지금 형편이 아무리 힘들고 어려워도 내일은 나아질 수 있다는 가능성을 느낄 수 있다면 행복할 수 있는 게 사람이다. 그런데 우리 세대가 국가 모든 분야의 권력을 거의 모두 관리하고 있는 지금, 그런 희망을 품기가 점점 더 어렵게 돌아가고 있다.

연말이 되면서 '안녕들 하십니까?'라는 대자보가 여러 계층과 세대로 확산되고 있다. 요즘처럼 손전화를 비롯한 표현 매체가 발달한 시기에 반세기 전 민주화 불씨를 당겨준 표현 방식이 다시 출현한 것이다. 대자보를 붙인 다음에 사진으로 찍어서 사회관계망서비스를 통해 사방으로 보내니 시대에 맞게 진화된 대자보다. 수서발 고속철도를 자회사로 분리해서 면허를 내주는 것이 철도 민영화다. 말이 철도 민영화지 재벌들한테 팔기 위한 단계다. 이에 반대하는 철도 노조에 대한 정부 탄압을 본 시민들이 시작한 '안녕들 하십니까' 대자보가 이렇듯 전국 곳곳에 붙여지는 까닭은 이명박 정부에 이어서 박근혜 정부 1년을 겪으면서 앞날에 대한 불안을 시민들이 모두 몸으로 느끼게 되었기 때문이다. 수천 명이나 되는 철도 노동자들을 파업한다고 직위해제를 하는 철도공사를 보면서, 체포 영장과 수색 영장도 구분하지 못 하는 경찰 폭력을 보면서, 원칙을 무시하면서 원칙대로 하는 거라고 우기는 통수권자의 언어 왜곡을 보면서 거꾸로 돌아가는 세상에 대한 불안감이 높아지고 있다. 이대로 가다가는 '안녕들 하십니까?'에서 '네가 왜 죽어야 하느냐!'는 울부짖음으로 가득한 세상이 올까 두렵다. 이러한 불안감과 두려움을 넘어서려면 이제 안녕하냐는 물음만으로는 부족한 세상이 되고 있다.

강정 마을은 군대와 연관된 국가 권력이, 쌍용자동차는 경제와 관련된 국가 권력이, 밀양은 핵 마피아집단과 국가 권력이 밀접하게 연동하면서 높고 높은 절벽처럼 사람답게 사는 세상으로 나갈 수 있는 길을 가로막고 있다. 칠순이 넘은 유한숙 할아버지가 밀양 초고압 송전탑 건설에 반대하다 자살을 하고, 송전탑 건설 반대 활동을 하다 다친 사람이 80명이 넘는다. 그런데도 정부는 무조건 송전탑을 세우겠다고 강행한다. 이러한 모든 문제는 이 시대를 살아가는 어른 세대들이 오직 지금 이 시대를 살아가는 자신들이 조금 더 편하게 살자는 욕심, 그 욕심을 채우기 위해 어른이라는 권력을 무소불위로 휘두르고 있기 때문이다. 이 땅에서 살아가야 할 어린이들한테 물려주어야 할 것들을 마구잡이로 낭비하고 있고, 후손들이 살아가는 데 필요한 모든 것을 싹쓸이하듯이 훑어먹고 있는 것과 다를 바 없다. 이시대 권력을 장악한 사람들이 마음에 죄의식 하나 느끼지 않으면서 어린이들이 써야 할 것을 빼앗고 있는 것이다.

핵발전소가 나중에 가져올 재앙이 어떤 건지 불을 보듯 뻔한데, 어떤 안전장치로도 피해갈 수 없는 '인간의 욕심과 방심'이라는 위험이 도사리고 있는데, 그런데도 한걸음도 늦추려고 하지 않으면서 반대하는 할머니 할아버지들을 나락으로 밀어붙이고 있다. 우리 사회는 밀양 할머니 할아버지들만 죽음으로 내몰고 있는 게 아니다. 우리나라가 세계에서 최고인 기록이 자꾸 늘어나고 있는데, 늙은이 자살 비율또한 세계 최고다. 일 년에 3,000명이 넘는 노인들이 자살을 하고 있다. 아니 사회적 타살을 당하고 있는 것이다. 참으로 불행한 사회라고 하지 않을 수 없다. 그 불행한 모습이 하루가 다르게 더욱 거칠고 험악한 파도처럼 몰려오고 있다.

이러한 불통과 억압과 왜곡은 현실 정치에서만 일어나고 있는 게 아니다. 더 무서운 일은 미래 사회를 이끌어갈 학생들을 가르치는 교육 또한 심각하다는 데 있다. 우리 교육이

이대로 가다가는 필경 우리 아이들을 잡고, 겨레를 죽이고, 나라도 망할 수밖에 없다. 역사 교과서 문제로 논란이 많은 데, 그 내용을 보면 역사 인식이 60년대, 50년대, 아니 40년대로 후퇴하는 것 같다. 박정희 독재 정권, 이승만 독재 정권, 일제 침략자들이 백성들한테 강요하던 논리를 그대로 되살리려고 한다. 역사 교과서 문제가 워낙 심각해서 논란이 되고 있는데, 사실 다른 교과 교과서 역시 논란에서 비켜갈 수 없다. 우리말과 글을 바르게 가르쳐야 할 국어 교과서가 그 임무를 다하지 못하고 있고, 민주주의 지식과 태도를 가르쳐야 할 사회 교과서들이 민주주의 사회가 지향해야 할 가치를 억압하거나 왜곡하는 내용으로 바뀌고 있다. 일하는 사람들을 멸시하고, 민주주의를 폄하하고, 오직 경제부흥만이 행복이라는 내용이 다시 강화되고 있다.

이런 험한 파도를 줄여 나가고 막아내고 늙어서도 행복하게 살 수 있는 사회로 방향을 틀기 위해서는 공동체교육, 공동육아 정신이 어린 세대와 젊은 세대를 넘어 늙은 세대까지 확대되어야 가능하겠다 싶다. 다른 사람들과 함께 살아가는 삶을 체험한 사람들, 함께 살아가는 행복을 경험한 사람들, 서로가 서로를 배려하고 존중하면서 무엇을 함께 공유한다는 것이 얼마나 많은 인내와 자기 성찰이 필요한가를 몸으로 배우는 사람들이 우리 사회에 다수가 되어야만 이렇듯 어처구니없는 세상에서 벗어날 수 있기 때문이다. 또한 공동양로 정신을 만들어내야 할 것 같다. 그래야 앞으로 점점 늘어나는 늙은이들이 예전처럼 고무신짝이나 막걸리 몇 잔이나 용돈 20만 원 받겠다는 욕심에 민주주의를 팔아먹는 얼빠진 짓을 하는 것을 조금이라도 줄일 수 있겠다. 늙어 죽을 때까지 돈과 권력을 틀어쥔 채 젊은이들 삶을 짓밟고, 어린이들이 살아갈 미래 자원까지 샅샅이 훑어 빨아먹는 늙은이들이 태어나지 않게 될 것이다. 절망에 빠져 죽어가는 불행한 늙은이들이 더는 나오지 않을 것이다.

젊은이를 믿는 늙은이, 어린이를 사랑하는 늙은이, 다음 세대가 살아갈 자연과 자원을 지켜줄 수 있는 늙은이, 권력과 돈의 노예가 되지 않는 늙은이들이 늘어나야 한다. 그래서 행복한 늙은이로 살아갈 수 있는 사회를 만들기 위해서 어린이와 젊은이와 늙은이가 함께 사는 세상을 만드는 세대 간 공동체교육과 공동양로협동조합을 어떻게 만들어나갈 것인지 걱정하고 연구하고 실천하는 길을 모색해야 할 것 같다. 더 늦기 전에.

2013년 12월호

아무리 봐도 이상한 선행학습 금지법

"오늘 공부 마칩니다. 집에 가서 놀지만 말고 오늘 공부한 거 복습하고, 내일 공부할 거 예습 잘 하세요."

"선생님, 오늘은 숙제 없어요?"

"예습 복습하라는 게 숙제입니다."

"와, 오늘 숙제 없다."

"○○○, 숙제 없는 게 아니에요. 예습 복습하라는 게 숙제예요."

초등학교 6학년 다닐 때 우리 반 담임 선생님이 날마다 하시던 말씀이 예습 복습 철저히 하라는 거였다. 숙제를 내주실 때도 있지만 어떤 날은 다음 날 공부할 범위를 알려 주면서 예습 잘 해오라고 부탁하셨다. 내가 교사가 되어서도 6학년 때 담임 선생님처럼 예습과 복습을 잘 하라고 자주 이야기했다. 그날 공부한 내용을 집에 가서 복습하고, 다음에 공부할 내용을 혼자서 예습하는 건 어떤 공부를 하든 가장 기본이 되는 학습 태도다. 그런데 이를 법으로 금지하겠다고 하니 참 이상하다.

'예습'이라고 하지 않고 '선행학습'이라는 말을 쓴 걸 보니 이 법에서 가리키는 선행학습이라는 말은 예습이라는 말하고 다른가? 배워야 할 것을 미리 공부한다는 것과 다른 말인가? 아무리 봐도 다른 것 같지는 않다. 만일 이 법 이름을 '예습 금지법'이나 좀 더 쉬운 우리말로 '공부를 미리 못하게 하는 법'이라고 하면 어떻게 될까? 다른 나라 사람들이 보면 거참 이상한 나라라고 생각할 만하다. 어쩌면 기네스북에 올라갈지도 모르겠다.

그럼에도 불구하고 이런 금지법을 만드는 까닭은 현재 공사립학교에서 교육과정을 무시하고 고등학교 3학년 2학기 때 가르쳐야 할 교과과정을 2학년 2학기나 3학년 1학기 때 가르치고, 중고등학교 입학이 예정된 학생들을 대상으로 입학 전에 해당 학교 교육과정을 가르치는 어처구니없는 일이 벌어지기 때문이다. 초등학생들한테 중학교 1학년 과정을 미리 가르치는 학원이나 다를 바가 없는 짓을 공교육에서 버젓이 하고 있기 때문이다. 학원과 학교가 똑같이 이런 선행학습을 강요하고 있으니 정상적인 교육이라고 할 수가 없다.

사실 선행학습 금지법은 이 법 정식 이름이 아니다. 진짜 이름은 '공교육 정상화 촉진 및 선행교육 규제에 관한 특별법 시행령'이다. 2014년 4월 10일 이 나라 교육부 장관이 이 법을 만드는 까닭과 주요 내용을 국민에게 미리 알려 이에 대한 의견을 듣고자 행정절차법 제41조 규정에 근거하여 '교육부 공고 제 2014-94호'로 공고한 것이다. 2014년 3월 11일 제정해서 공포했고, 2014년 9월 12일부터 시행 예정인데, 그 사이에 국민들에게 미리 알리고 의견을 듣기 위한 절차다.

공교육 정상화를 촉진하기 위해 선행교육을 금지하는 건 너무나 당연한 일이다. 공교육은 국가수준 교육과정을 정해 놓고 그에 따라 교육을 하는 것인데, 이미 그 교육과정을 무시하고 미리 가르치니 정상적인 교육이라고 할 수가 없다. 그러나 선행교육을 법으로 금지하겠다는 발상도 정상이라고 보기는 어렵다. 선행학습을 규제하는 것보다는 교육과정을 정상적으로 운영하는가 하지 않는가를 살펴보고, 교육과정에 따른 교과교육을 원칙에 맞게 하도록 하면 되는 것이다. 0교시 수업이라는 이상한 수업, 수능 시험에 나오지 않거나 비중이 약한 교과교육을 하지 않는 사례, 방과 후 교실까지 교과 학습으로 채우는 경우만 제대로 잡아내도 공교육에서 도를 넘어서는 선행학습은 막을 수 있다. 곧 교육과정을 정상으로 운영하도록 현재 마련되어 있는 법만 적극

적용해도 될 일인데 이렇게 또 다른 법을 만들 필요가 있겠다 싶다.

'공교육 정상화 촉진 및 선행교육 규제에 관한 특별법 시행령'을 살펴보면 별 내용도 없다. '선행교육예방연구센터'를 새로 설치해서 선행교육 부작용에 관한 조사·연구·분석을 하고, 학생과 학부모, 교원 및 일반인들에게 선행교육 부작용에 관한 교육과 상담을 하겠다고 한다. 선행교육 자체가 교육과정을 어기는 것인데, 무슨 부작용을 다시 연구할 게 있다는 것인가? 또 학생이나 학부모나 교사들이 선행학습이 좋아서 하는 게 아니라 학교 교육을 오로지 대학입시만을 목적으로 하도록 만드는 사회 구조 때문에 하는 것인데 무슨 상담을 한다는 건가?

만일 학벌이나 인맥이 아니라 능력만으로 취업할 수 있다면, 대학을 나오거나 나오지 않았거나 취업과 임금에서 별 차이가 나지 않는다면, 정규직보다 비정규직이 임금을 더 많이 받는다면 선행학습은 돈 주면서 하라고 해도 안 할 것이다. 비정규직은 일시적으로 필요한 일을 단기간에 하는 도급제 같은 거니까 당연히 정규직보다 더 많은 임금을 받아야 하는 게 상식이 되어야 한다. 그런데 비정규직을 정규직 노예처럼 여기는 노동 구조, 정규직을 써야 하는 자리까지 비정규직으로 채우는 걸 용납하는 사회에서는 아무리 법을 정해도 선행학습 아니라 선선선행학습도 막을 수 없다.

규제 방법도 이상하다. 국가 및 시·도 교육과정에 위반하여 학교 교육과정을 편성한 경우 1차로 학교운영 경비를 5% 범위에서 삭감하겠다고 한다. 두 번 걸리면 10% 범위에서 삭감하겠다고 한다. 국가에서 예산 지원을 받지 않는 학교는 입학정원을 5%나 10% 범위에서 줄인다고 한다. 평가 때 교육과정 범위와 수준을 벗어난 내용을 출제하는 경우, 해당학교 설립 목적과 특성에 맞지 않게 학교생활기록부 기록을 반영하는 경우, 학교 밖 경시대회 실적이나 각종 인증 시험 성적이나 자격증을 입학전형에 반영하는 경우에도 학교운영경비를 삭감하거나 입학정원을 줄이겠다는 것이다. 교육과정을 어겼는데 학교운영경비나 조금 삭감하고, 입학정원이나 조금 줄인다는 게 무슨 의미가 있겠나 싶다. 학교 문을 닫게 하거나 교장과 교감을 직접 징계하지 않는다면 효과가 있을 수 없다.

'공교육 정상화 촉진 및 선행교육 규제에 관한 특별법 시행령'으로는 공교육 정상화를 촉진하기도 어렵고, 선행학습 규제도 쉽지 않을 것이다. 눈 가리고 아웅이 될 수밖에 없다. 공교육을 정상화하려면 근본은 노동 구조와 임금 구조를 바꿔야 한다. 그리고 좀 이상하기는 하지만 그래도 선행학습 금지법 같은 걸 만들어서 막으려고 한다면 처벌을 달리해야 한다. 학교운영 경비를 삭감하거나 입학정원을 줄이는 방법으로 처벌을 하면, 결국 그 피해를 입는 건 아이들이다. 선행학습을 금지하려면 선행학습을 강요하는 교장과 교감을 직접 징계할 수 있어야 한다. 또 공교육뿐 아니라 학원에서 하는 선행학습도 철저하게 규제해야 한다. 그렇게 하지 않으면 공교육에서 하지 못하게 된 선행학습을 사설학원에서 하게 된다. 곧 이런 식으로 규제하는 건 실효성도 적을뿐더러 학원 교육을 더 부채질하는 꼴이 되기가 쉽다.

사실 원론대로 말하자면 교육을 할 때 가르치는 내용이 그 아이한테 시기적절한 것인지 아닌지, 다시 말하자면 선행학습인지 아닌지는 국가수준 교육과정이나 시도수준 교육과정이나 학교수준 교육과정으로 규정할 수 있는 게 아니다. 아이를 담당한 교사가 진단평가를 통해 판단할 수 있는 것이다. 교육이 제대로 되려면 교사들한테 교육과정 재편성에 대한 권한을 주어야 하는 게 당연한데, 그렇게는 못하면서 이렇게 이상한 법을 만든다.

2014년 4월호

이제는 정말 바꿔야 할
우리 교육이 가야 할 길

"야! 3학년 10반 뒤에서 세 번째 움직이지 마."

"2학년 5반 가운데, 머리 돌리지 마."

"1학년 1반 앞에서 두 번째, 줄 맞춰. 너 한 놈이 틀리니까 뒤에 줄이 다 틀리잖아."

"2학년 맨 뒤에서 모래 뿌린 녀석, 앞으로 나와 원산폭격."

1970년대 남자 고등학교 운동장에서 전체 조회를 하면서 일어났던 풍경이다. 남자 고등학교뿐 아니라 남녀중고등학교는 물론 초등학교에서도 전체 조회를 하는 모습은 똑같았다. 기계보다 더 말 잘 듣는 노동자로 만들기 위한, 기계처럼 쓰다가 망가지면 쓰레기처럼 버리기 위한, 자본이나 권력을 손에 쥔 사람들 구미에 딱 맞는 교육을 하기 위해서 이러한 폭력을 교육이라고 했다.

당시 이런 획일적이고 억압적인 반인간적 교육을 거짓교육이라고 비판하며, 아이들이 스스로 자기 삶을 지키고 가꾸면서 살아갈 수 있는 참교육을 해야 한다고 주장한 사람이 성래운과 이오덕이다. 성래운은 연세대학교에서 교육학을 가르치다 국민교육헌장을 비판하면서 새로운 교육지표를 세워야 한다는 성명서를 주도하다 해직되었고, 이오덕은 경북 산골에서 초등학교 교장으로 근무하면서 스스로 실천하고 연구한 성과를 발표하고 있었다.

성래운과 이오덕이 주장하는 참교육 핵심은 '아이들이 스스로 자기 현실을 바로 볼 수 있는 힘을 길러주고, 이를 바탕으로 스스로 올바른 판단을 하고, 나만 아니라 다른 사람들과 더불어 살아가는 힘'을 길러주어야 한다는 것이다. 그러기 위해서는 '아이들을 하늘처럼 섬기는 교실, 학교, 사회를 만들어야 한다'는 것이다. 곧 아이들을 어른과 똑같은 인격체로 보고, 그 존재 자체를 존중하고, 하늘이 스스로 움직이듯이 스스로 몸과 마음을 움직일 수 있는 지혜를 깨우칠 수 있도록 해야 한다는 것이다.

이러한 성래운과 이오덕 교육관은 당시 젊은 교사들한테 교육이 무엇인지, 가르친다는 것이 어떤 것인지에 대한 생각을 깨우쳐주었고, 1980년대 교육민주화 운동을 일으키는 데 큰 힘이 되었다. 우리나라 공동체문화와 공동체교육에 새로운 역사를 쓰게 되는 공동육아를 1990년대 초에 시작하게 되는 데도 성래운과 이오덕의 교육관이 힘이 되어주었다.

2014년 4월 16일, 세월호 참사는 우리 사회가 안고 있는 여러 가지 문제점이 집약되어 터진 것이다. 기업 이윤을 위해 무책임하게 선박 연령에 대한 규제를 풀어 주고, 남의 나라에서 폐기처분하는 선박을 들여다가 원래보다도 더 많은 사람과 짐을 실을 수 있게 구조를 바꾸었다. 낡은 선박을 계속 사용하기 위해 바꾼다면 더 안전하게 바꾸어야 하는데 오히려 위험하게 바꾼 것이다. 그런 것을 정부나 정부 위탁을 받은 감독기관이 승인하거나 눈 감아주었다. 사고 당일에도 규정보다 더 많은 화물을 실었다.

가장 가슴 아픈 건, 사고가 났는데도 아무도 책임을 지려고 하지 않았다는 것이다. 선장과 대부분 선원은 승객보다 먼저 도망쳤고, 해경은 가라앉는 배에서 승객들을 구조하는 데 무력했다. 승객 구조에 1차 책임을 져야 하는 선장과 선원들, 2차 책임을 져야 하는 해양경찰이 그 책임을 다했다고 할 수 없다. 아니, 오히려 희생을 더 키우는 데 일조했다고 하지 않을 수 없다. 생존 학생들이 법정에서 증언한 기사 내용을 보면 '선실에 가만히 있으라'는 방송을 몇 차례나 했고, 나중에는 특히 단원고 학생들은 가만히 있으라는 선내 방송을 했다고 한다. 죽은 학생들 손전화에는 해군과 해양경찰이 왔다면서 해군과 해경의 구조를 기대하는 내용이 많았다. 사망 비율로 볼 때 유독 단원고 학생들 희생이 큰 까닭은 단원고 학생들을 직접 거론하면서 선실에 가만히 있으라고 한 방송과 해군과 해경이 왔으니 곧 구조될 거라는 순박한 믿음 때문이라고 할 수 있다. 그런데 사고현장에 도착한 해경은 구조할 시간이 한 시간이나 있는데도 승객들한테 탈출 명령을 정확하게 전달하거나 구조하기 위한 적극적인 노력을 하지 않았다. 이러한 문제를 근본적으로 고치려 하지 않고 수학여행 금지나 안전문제를 인솔교사들 책임으로만 떠넘기려는 어른들을 보면 어처구니가 없다.

이런 문제를 해결하고, 우리나라를 바로 세우려면 가장 낮은 자리에 일하는 사람들이 잘못된 명령에 저항할 수 있는 힘을 갖도록 해주어야 한다. 기업주가 불법으로 회사를 운영하거나, 사원들한테 잘못된 지시를 하거나, 최소한 기본적인 안전규칙에 맞지 않는 행위를 하라고 강요할 때 '그건 아니라고' 말할 수 있어야 한다. 노동자들이 그런 힘을 갖도록 국가에서 법으로 지켜주어야 한다. 해경을 해체하는 게 중요한 게 아니라 해경이나 해군이 사고 현장에서 국민의 생명을 구하기 위한 최선의 방법이 무엇인가를 판단해서 스스로 책임지고 행동할 수 있도록 만들어야 한다. 그런 힘을 기를 수 있도록 나라에서 관리 감독하고 교육해야 한다. 인솔교사와 학생들이 스스로 판단하고 행동할 수 있는 힘이 있어야 한다. 배가 15° 이상 기울고 있는데도 현장 인솔책임자가 스스로 판단하지 않고 멀리 있는 학교장한테 보고해서 지시를 받는다는 건 상식에도 맞지 않다.

사원들이 기업주나 상급자한테 반도덕적이거나 안전규칙을 어기는 따위의 잘못된 행위를 강요받을 때, 공무원들이 부정과 비리와 결탁한 상부나 외부 권력이 압력을 넣을 때, 교사들이 교육부나 교육청에서 교육이라고 할 수 없는 지시를 받았을 때, 이러한 문제에 따르지 않을 수 있어야 한다. 그런 저항권을 사회와 국가에서 법으로 보호하고 지켜주어야 한다.

그런 사회와 국가를 만들기 위해서는 그런 정치를 할 수 있는 사람들을 국민의 손으로 뽑아야 하고, 그런 정치를 하지 못하는 사람들을 국민의 손으로 끌어내려야 할 것이다. 문제는 그런 국민이 어떻게 생기는가다. 그런 국민을 어떻게 만들 수 있는가다. 그 희망은 결국 교육에서 찾을 수밖에 없다. 학교 교육과 사회 교육이 지향해야 하는 인간관과 교육관, 그리고 교육 방법을 바꾸어야만 한다. 급한 마음에 얼핏 보면 너무 느리고 끝이 없는 길 같지만 그래도 그 길이 가장 확실한 길이고, 가장 빠른 길이다.

성래운 선생님이 칠팔십 년대에 교육을 하는 사람들, 선생님이나 학부모를 대상으로 교육 신서를 많이 쓰셨는데 그때는 별 반응이 없었어요. 지금 그 글이 어른들을 위한 교육 잡지 〈개똥이네 집〉에 다시금 실리고 있거든요. 실릴 때마다 반응이 굉장히 좋아요. 지금 교육 현실이 성래운 선생님이 그 글을 쓰셨을 때보다도 훨씬 더 악화됐기 때문에 그런 반응이 나오는 거라고 봐요. 만일 그 당시에 성래운 선생님이 쓴 글을 읽은 선생님이나 학부모, 또는 교육 정책 담당자가 일깨움을 얻어서 정책을 바로 세우고 아이들을 제대로 가르쳤다면….

_윤구병, 《실험학교 이야기》, 259~260쪽.

불행하게도 우리 교육 현장에서는 성래운과 이오덕의 교육에 대한 생각을 따르려는 젊은 교사들을 탄압하고 몰아냈다. 2000년대를 넘어서면서는 성래운과 이오덕에 대한 기억마저도 사라져간다. 그리고 우리 사회와 국가는 점점 더 어떤 사건이 터져도 누구도 책임을 지지 않는, 나아가 오직 돈을 벌기 위해 자기 인생을 얽매고 자기 삶을 돈과 바꾸는 사람들만 득시글거리는 사회로 달려가고 있다. 오죽하면 '부자되세요'가 새해 인사말까지 되었다.

그런 달음박질을 돌아보게 하고, 멈추게 하고, 사람이 사람답게 살 수 있는 사회와 국가로 나아가기 위해서는 교육을 바꿔야 한다. 그 바꿈의 길에서 성래운과 이오덕을 되새겨봐야 한다. 그 길은 아이들이 자기 삶을 살 수 있도록, 아이들이 자기 삶을 즐겁고 행복하게 살 수 있는, 아이들이 머리로 잔꾀만 배우는 게 아니라 손발을 놀려 몸으로 익힐 수 있는 교육을 해야 한다. 그런 교육으로 나아가기 위한 첫걸음은 어른들이 아이들에 대한 부당한 권력을 내려놓고 평등하게 서는 것이다.

> 비록 선생님 명령일지라도 분명히 잘못되었다면 무조건 명령에 따라서는 안 된다는 것을 부모들이나 선생님 자신이 가르쳐주어야 한다고 생각한다. 그렇지 않고는 아이들 마음과 건강을 지켜나갈 수 없는 것이 오늘날 우리가 살고 있는 사회로 되고 있다.
>
> _이주영 엮음, 《이오덕 말꽃 모음》, 194쪽.

부모와 교사들이 부당한 지시에 따라서는 안 된다는 것, 잘못된 명령에 저항할 수 있는 권리가 있다는 것을 몸으로 익히게 해야 한다. 무엇이 부당하고 어떤 것이 잘못된 것인가를 판단할 수 있는 지혜를 길러주기 위해서는 항상 자기가 처해 있는 현실을 자세하고 또렷하게 살펴볼 수 있고, 솔직하고 정확하게 표현할 수 있고, 부모와 교사와 사회가 그러한 표현을 존중하고 지켜주어야 하는 것이다. 곧 어른들이 아이들 말을 잘 듣고, 아무리 어린 아이가 하는 말이라도 그 말이 맞으면 아이들 말을 따라주어야 한다.

'벌거숭이 임금님'이 어린 아이 말을 듣고 자기 잘못을 깨닫고 부끄럽게 생각해서 바꾸었듯이, 아이들을 가르쳐야 하는 부모와 교육자들은 아이들한테 배우는 삶으로 태도를 바꿔야 한다. 돈을 벌어야 하는 기업가들은 가장 돈을 적게 받으면서 일하는 사람들 말을 듣고 배우는 회사로 바뀌어야 한다. 국가 권력을 집행하는 정치인과 공무원들은 가장 낮은 데서 힘들게 일하는 사람들 말에 귀를 기울여야 하고, 그들을 하늘처럼 섬겨야 한다. 그 길은 우리 사회에서 가장 어린 약자인 아이들한테 배워야 하는 까닭을 깨닫는 데서부터 시작하는 것이다.

2014년 8월호

세월호 교육감 시대가 나아갈 길

여덟 살의 꿈

부산 부전초 1학년 박차연

나는 ○○초등학교를 나와서
국제중학교를 나와서
민사고를 나와서
하버드대를 갈 거다.
그래 그래서 나는
내가 하고 싶은
정말 하고 싶은
미용사가 될 거다.

2013년 10월 6일 제1회 이오덕 동요 잔치 때 나온 어린이

시다. 이 시에 부산에서 오랫동안 어린이노래 운동을 펼쳐온 우창수가 곡을 붙여서 발표했는데, 많은 사람의 관심을 끌었다. 이 시와 노래를 들으면서 즐겁게 웃는 사람도 있을 테고 씁쓸한 마음이 드는 사람도 있을 것이다. 이 시와 노래가 신문이나 방송에서도 여러 번 거론되었다. '어린이다운 생각이 귀엽다'라는 말에서부터 '이것이 어린이 눈으로 본 학교 교육 모습이고 사회의식의 현 주소가 드러나는 시다' '무언가 되고 싶은 아이들한테 그에 맞는 교육과정이나 내용은 가르치지 않고 입시 경쟁 교육으로만 아이를 몰고 가는 삶을 떠난 교육을 보여주는 시다' '유명 대학을 나와서 저 어린이처럼 자기가 정말 하고 싶다면 미용사건 이발사건 무엇을 한다고 해도 자연스러운 사회가 되어야 한다'라는 말까지 여러 이야기들이 나왔다.

나는 이 시처럼 아이들이 자기 마음을 자유롭게 표현하고, 그런 아이들 표현을 존중하고 소중하게 봐주는 부모와 우창수 같은 어린이노래 운동가들이 있다는 게 좋다. 그렇지 않았다면 이런 시가 발표되지 못했을 테니까. 사실 여덟 살 아니라 열 살이나 스무 살이나 어떻게 해서 무엇이 되고 싶다는 꿈은 얼마든지 꿀 수 있고, 언제든지 바뀔 수 있다. 그런데도 많은 어른은 아이들이 꿀 수 있는 꿈을 억압하고 통제하고 자기 마음대로 만들려고 한다. 아이들은 어른들이 만들어놓은 수용소 같은 학교, 지역사회 속에 있으면서도 지역사회와 동떨어진 섬이 된 학교 교육에 갇혀서 주는 대로 잘 받아먹고 알 잘 낳는 양계장 닭처럼 사육당하고 있다. 그런데 이런 학교와 우리나라 교육 방향을 바꿀 수 있는 기회가 생겼다. 경제양극화와 민주정치 퇴행으로 답답하던 차에 한줄기 시원한 솔바람이 전국 13개 시도를 휘감아 돌고 있는 것이다.

2014년 6월 4일 지방선거는 참 기묘한 결과를 보여주었다. 시도지사 열일곱 명 가운데 야당인 새정치민주연합에서 아홉 명, 여당인 새누리당에서 여덟 명이 당선되었다. 시군구 단체장 226명 가운데 여당인 새누리당에서 117명, 야당인 새정치민주연합에서 80명, 무소속 후보 가운데서 29명이 당선되었다. 기초단체는 새누리당이 훨씬 우세였고 광역은 엇비슷하게 나왔다. 그러나 지도에 표시되는 색깔을 보면 새누리당 빨간색이 전국을 휩쓸면서 새정치민주연합 파란색을 포위하고 있다.

양당을 꼭 보수와 진보로 나누기는 어렵다. 새누리당을 보수라고 볼 수 없는데 스스로 보수라고 내세우고, 새정치민주연합 역시 진보라고 보기에는 무리가 따르기 때문이다. 그러나 전체 흐름으로 보아서 보수를 대표한다거나 진보를 지향한다고 할 수는 있겠다. 따라서 6·4 지방선거와 그 뒤를 이은 7·30 재보궐선거 결과는 보수 여당 쪽 승리다. 그런데 모순되게도 교육감 선거에서는 열일곱 명 가운데 열세 명이 진보로 분류할 수 있는 사람들이 당선되었다. 보수로 분류되는 네 명 가운데 두 명은 중도로 볼 수 있다. 따라서 시군구 지방자치 단체장이나 의원은 다수 국민이 보수를 선택했으면서도 교육자치단체장은 절대 다수 국민이 진보를 선택하는 모순을 보여주었다고 볼 수 있다.

국민이 야당이나 진보 쪽이라고 판단해서 당선시킨 열세 명 교육감 가운데 4년 전에 당선했던 강원도 민병희, 전북 김승환, 광주 장휘국, 전남 장만채 교육감이 재선되었다. 서울 곽노현 교육감은 재임 중간에 여당과 보수 언론이 1960년대 만든 선거법 가운데 그동안 한 번도 적용한 적이 없었던 죽어 있던 조항을 끄집어내서 만든 여론몰이를 통해 강제로 끌어내렸다. 경기도 김상곤 교육감은 새정치민주연합에서 경기도 도지사로 나오라고 부추겨놓고는 당내 예선에서 떨어지게 하는 바람에 교육감 재선도 막았다. 이렇게 여당과 야당 때문에 피해를 입은 두 교육감을 뺀 나머지 네 명은 모두 재선이 되었다. 서울과 경기도 역시 두 교육감 정책을 이어가겠다고 표명한 이재정과 조희연이 당선되었으니 엄밀하게 말하면 여섯 곳에서 진보 교육감을 재선시킨 것이고, 그에 일곱 명을 더해서 열세 명이 당선된 것이다.

6·4 지방선거에서 대다수 국민이 정치는 보수 쪽을 택했으면서 교육은 진보 쪽을 선택한 까닭은 세 가지로 짚어볼 수 있다. 첫째는 4년 전 당선했던 진보 교육감들이 모두 재선했다는 것은 그 지역에서 진보 교육감들이 추진한 교육을 지지하는 층이 넓어졌다는 것을 의미한다. 경기도 혁신교육이나 강원도 행복교육이 나아가는 방향에 공감하는 지역 주민이 늘어났고, 나아가 다른 지역 주민들이 관심을 갖기 시작했다는 것이다. 그 다음 요인으로는 1990년대 전후부터 학교 안과 밖에서 꾸준히 실천해온 교육 운동이 제도교육으로도 실현해야 한다는 공감대가 넓어지고 있기 때문이다. 혁신학교 씨앗이 되는 남한산초등학교나 거산초등학교를 보면 글쓰기회 교사와 전교조 교사, 어린이도서연구회 동화읽는어른모임 회원, 공동육아협동조합 어린이집 학부모들이 연대해서 만들어낸 것이다. 90년대가 공동육아와 같은 학교 밖 대안교육이 자라나는 시기였다면 2000년대는 그 기운이 공립학교를 변화시키는 기간이었고 2010년대는 제도교육 전반에 걸친 변혁을 추구하는 시대가 된 것이다.

또 하나의 중요한 요인은 4월 16일 세월호 참사다. 침몰하는 배 안에 고스란히 갇혀서 죽어가야 했던 아이들과 바다 속으로 가라앉은 배에 갇힌 아이들을 보면서도 단 한 명도 구해내지 못한 현실, 사고 후 원인분석과 대책에서 보여주는 부정과 비리와 무능함을 보았기 때문이다. 교육을 바꾸지 않으면 세월호와 같은 참사가 앞으로 더욱 확대 재생산될 수밖에 없을 거라는 분노와 불안 때문이다. 앞에서 든 두 가지 요소가 바탕이 되었지만 마지막 세월호 참사가 결정타가 되었다. 그래서 나는 진보 교육감이라는 말보다는 세월호 교육감이라는 말을 쓰고 싶다. 세월호 참사를 잊지 말아야 하고, 그 때문에 죽은 아이들을 기억해야 하고, 무엇보다 우리 아이들과 미래를 살려달라는 국민들 기대를 명심해야 할 것이기 때문이다.

세월호 교육감 시대에 해야 할 일을 몇 가지 짚어본다면 첫째는 아이들을 살리는 교육을 해야 한다. 아이들을 살리는 길에서 가장 먼저 해야 할 일은 당연히 표현할 수 있는 자유와 권리를 지켜주어야 하고, 표현할 수 있는 방법과 기회를 마련해주어야 하고, 표현하는 내용을 어른들이 자세히 살펴보고 귀담아 들어야 한다. 그리고 아이들이 자기표현에 따른 성과에 만족할 수 있는 학교와 사회로 만들어가야 한다. 그 시작이 학생자치회 부활이다. 초·중·고 학급 학생회, 학년 학생회, 전교 학생회가 참된 자치권을 회복해야 한다.

둘째로는 학교운영위원회가 민주 절차에 따라 구성되어야 한다. 실제 교직원 대표, 학부모 대표, 지역 주민 대표를 선출해야 한다. 나아가 학생 대표들이 참여하도록 해야 한다. 그리고 실제 심의와 의결이 이뤄지도록 해야 한다. 또 학부모나 지역주민이나 학생들이나 교직원들이 학교운영위원회에 참관해서 안건 심의와 의결 과정을 지켜보도록 하고, 의견을 낼 수 있도록 해야 한다. 처음부터 그런 문화가 이뤄지기 어렵다면 최소한 몇 명 이상이 참관할 수 있도록 교육청 조례나 교육감 시행령으로 규정할 필요가 있다.

셋째로는 교육평준화 정책을 다시 강화해야 한다. 모든 아이들은 부모의 경제력이나 사회 지위에 관계없이 평등하게 교육받을 권리가 있다. 평준화 정책 가운데 하나가 고등학교평준화다. 고교평준화는 근거리 배정을 원칙으로 각 고등학교 입학 조건을 동일하게 만든 제도다. 고교평준화 이후 보수 쪽에서는 선택과 선발, 그리고 교육과정 자율을 근거로 들면서 평준화를 변질시키려는 시도를 계속해왔고 진보 쪽에서는 평준화 정책을 지키려고 노력해 왔다. 겉으로만 보면 보수가 자유와 자율을 주장하는 진보고 강제 배정과 교육과정 획일화를 고수하려는 진보가 보수처럼 보인다. 문제는 특목고나 자사고 문제에서 볼 수 있듯이 진짜 자유와 자율보다는 대학입시 경쟁교육에 유리한 교육만 추구하는 특수집단을 양성하는 학교로 전락한다는 데 있고, 그속에 부모의 경제력과 사회적 지위가 작용하고 있으며, 아이들에 대한 억압이 내면화되고 있다는 것이다. 이러한 문제를 해결하기 위해서는 일반고와 특목고, 자사고 및 자공고가 고교평준화 정책의 기본 정신에 어긋나지 않으면서 참된 자유와 자율을 살려낼 수 있도록 해야 한다. 안 되면 당연히 폐지해야 한다.

넷째는 제도교육 밖에 있는 아이들 교육권을 지켜주어야한다. 대안학교로 부르는 학교들이나 가정에서, 혹은 스스로 작은 모임을 만들어서 공부하는 아이들이 늘어나고 있다. 아이들은 누구나 교육받을 권리가 있고, 국가는 그 권리를 지켜줄 의무가 있다. 학교란 개념도 지금처럼 시설과 학생 수를 크게 규정할 필요가 없다. 아이들이 어디에서 누구한테 배우든 가르침과 배움이 일어나는 곳은 모두 학교로 봐야 한다. 그 아이들한테 국가에서 공사립학교에 다니는 아이들한테 지원하는 교육비, 교육기자재와 교사 인건비를 포함한 교육비를 개별 교육비로 계산해서 지원해야 한다. 우선 아이들 1인당 직접 교육비는 교육청에서 지원해야 하고, 교사 인건비도 사립학교 교사들한테 지원하는 금액만큼이라도 지급해야 한다. 예를 들면 사립학교에 법정 학생 수에 따른 교직원 정원을 배정하고 그에 따른 교직원 인건비를 교육청에서 지원하는데, 그 교직원 인건비 대 평균 학생 수를 계산해서 집이나 대안학교처럼 교육청에 등록되어 있는 공사립학교가 아닌 곳에서 공부하는 아이들 수에 따른 교직원 인건비를 지원해야 한다.

2014년 4월 16일, 우리 사회와 나라는 이 날을 기점으로 거듭나야 하고, 그 거듭남은 교육에서부터 시작해야 한다. 6·4 지방선거를 통해 다수 학부모와 국민들이 교육이 바르게 서야 한다. 겉모습만 아니라 속내까지 모두 바로잡아야 거듭남이라고 할 수 있다.

2014년 11월호